冷徹秘書は
生贄の恋人を溺愛する

砂原雑音

Noise Sunahara

JN090213

EB

エタニティ文庫

目次

冷徹秘書は生贄の恋人を溺愛する

1　悪魔と媚薬《びやく》

私の人生、比較的上手《うま》く進んできたほうじゃないかと思う。人付き合いはあまり得意じゃないけれど、人見知りというほどでもない。

大学を卒業し、大手企業の地方支社に運良く入社することができた。入社してからは職場の人間関係に気を遣い、大抵のことは笑顔で乗り切ってきたと思う。

しかし、順風満帆《じゅんぷうまんぱん》と思っていたのは最初の二年、本社勤務になるまでだった。いや正しくは、そこで厄介な先輩に捕まるまでだ。

私、天沢佳純《あまさわかすみ》、二十六歳。今現在、人生最大のピンチに陥《おちい》っている。

「な……何やってくれちゃってるんですか……！」

普段なら絶対利用しないような最高級ホテルの、綺麗な夜景が有名なオーセンティックバー。その入り口で、うっかり大声を出すところだった。

愕然《がくぜん》とする私の腕は、総務の先輩である井筒美晴《いづつみはる》の手にがっしり掴まれている。ふわふわくるりんとした可愛らしい髪型に、柔らかな素材のワンピースがよく似合う。ただそれが井筒先輩というだけで、どうしてもあざとく見えてしまうのはなぜなのか。

私が転属してきた時には、既にオフィス内で『面倒な人』のポジションにいた彼女が私の世話係になったのは、恐らく体《てい》よく押し付けられたということだろう。誰もいないよりはと思っていたが、ひとりのほうが楽だったと思い直すのにひと月かからなかった。

それから二年、オフィスでも色々と無理難題を言ってくるし、仕事のミスの尻拭いをさせられるのはなぜか後輩の私。

だって誰も助けてくれないんだもの。

どうして彼女に誰も何も言わないのかといえば、それは彼女が我が社のグループ会社の社長令嬢だからだ。どうやら父親のコネで入社したらしい。

怒らせると面倒という話だし、これまで言うことを聞いてやり過ごしてきたが……彼女は今夜、とうとう私の手には負えない厄介事に巻き込んでくれた。

「嫌です、いくらなんでも！」

「何が嫌なのよ。相手は超エリートよ。近づくチャンスだと思えばいいじゃない」

そう言うと、彼女の視線が私の頭の先から足元まで値踏みするように走る。その視線の意味は、言われなくてもわかった。

可愛い系美人の井筒先輩に比べれば、私は何もかもが平均的。目立たない顔立ち、黒い直毛は長く伸ばして後頭部でひとつに結んでいる。背丈もスタイルも標準だ。

井筒先輩は、小柄な身体の割に豊満な胸を強調するように突き出し、ニヤッと笑う。

「……本社に来ても、ちっとも垢抜《あかぬ》けないわね」

「余計なお世話ですよ！」

むかっとして思わず反論してしまった。いつもならそれで機嫌が悪くなる井筒先輩だが、さすがに今日は、自分が無茶を言っている自覚があるらしい。

「ね、お願い。彼氏を作るチャンスと思えばいいじゃない。相手は文句なしのハイスペックよ」

「近づきたいなんて思ったことありませんってば。ほんと、考え直してください」

「だめよ。社長とお近づきになるためには、どうしてもあの男が邪魔なのよ」

そうだ、あまりのことに忘れかけていたが、井筒先輩の言う『あの男』がこのバーの中にいるのだ。そう思っただけで、バーの重厚なドアの下から冷気が流れ出ている気がして、ぞくりと背筋が凍った。もちろん、ただの錯覚にすぎないのだが『あの男』にはそう思わせるだけの恐ろしさがある。

我が社の社長は、優しげな雰囲気のイケメンだ。日本有数の大企業、高輪《たかなわ》グループの後継者で現会長の長男。人柄も穏やかで、社内外問わず、社長に憧れる女性は多い。

井筒先輩が、高輪社長狙いなのは知っていた。そして、その社長に近づくためには、『あの男』が邪魔なのもよくわかる。だがしかし。

「だからって……」

「……やっていいことと悪いことがあるでしょうが⁉　普通、思いついてもやらないよ！」

逃がすまいと私の腕にしがみつく彼女の手には、小さな瓶が握られている。先輩は人差し指と親指でそれを挟んで、私の目の前に掲《かか》げた。

――天使の媚薬《びやく》。

彼女はこれを『あの男』に飲ませて、バーから連れ出せと言うのだ。待ち合わせている高輪社長が、ここに来る前に。

っていうか、媚薬《びやく》を盛った上で彼氏を作るチャンスって、つまり既成事実を作ってしまえってことだろう。

突っ込みどころが多すぎて、もうどこから突っ込めばいいのかわからない。

「何を考えてるんですか、そんな怪しいものを飲ませるなんて」

「大丈夫よ、ちゃんと合法なところで買ったものだから」

あっけらかんと言ってのける彼女に愕然《がくぜん》とすること、本日二回目。媚薬《びやく》に合法か非合法かなんてあるの⁉

いわゆる、アダルトグッズというやつだろうか。茶色の小瓶に薄桃色のラベルが貼られ、品名が可愛らしいロゴで印刷されている。合法だろうが、私の目には怪しさ満載だ。

「どこで買ったものだとしても、そういうのを人に盛ってい……」

「だからもう遅いってば。言ったでしょ、グラスに入れてきちゃったって」

頭の中が、真っ白になった。こんな怪しげなものを、本当に『あの人』のグラスに入れてしまったらしい。

この困った先輩には、これまでも遠回しに色々と注意してきたつもりだけれど……

――怪しいものを人に盛ってはいけません。

それは、わざわざ教えなければいけないことなのだろうか⁉

「じゃあ、たのんだから！」

「あっ！」

先輩は言いたいことだけ言うと、呆然とする私の手を振り払いさっさと立ち去ってしまった。

嘘でしょう。あの人、ほんとに置いてったよ……

あり得ん。本当にあり得ない。

正直、どうして先輩の尻拭いを私がしなければいけないのかと思うけれど、妙な薬を盛られた人をそのまま放置して帰るわけにもいかなかった。

媚薬《びやく》なんて効果があるかどうかは知らないけど、先輩が言うにはネットの口コミナンバーワンの商品らしい。そんなものが『あの人』の口に入る前に……いや、もう遅いだろうか。

先輩曰《いわ》く、隣のスツールに座り、携帯が鳴って彼が席を外した隙にグラスに媚薬《びやく》を入れたらしい。

そのまま何食わぬ顔で会計を済ませて店を出て、事前に呼び出していた私をバーの入り口で捕まえた、と。

ここで先輩と話していたのは数分くらいだけれど、その間に彼が電話を終えてカウンター席に戻っているかどうかが問題だ。

私にとっては気後れしてしまうようなバーだが、仕方がない。覚悟を決めて、バーの扉を押し開けた。

店内はクラシック音楽が流れていた。内装は黒と銀で統一されていて、窓際にいくつかソファ席がある。でもそこは、雰囲気的にカップル限定のような気がする。平日夜ということもあるのか、客は少なく席のほとんどが空《あ》いていた。

「いらっしゃいませ」

白いワイシャツに黒のベストという如何《いか》にもバーテンダーといった制服を着た店員に声をかけられ、思わず肩が跳ねる。

仕草でどの席に座るか尋ねられて、咄嗟《とっさ》にカウンターに目を向けた。バーカウンターには等間隔にスツールが並び、入り口に近い席にスーツの男性が座っているが、知らない人だ。そして反対側の奥に、もうひとり。

ここからでは、背中しか見えない。ダークスーツの広い背中。スツールに腰かけている。艶《つや》やかな黒髪は、襟《えり》足の長さで撫でつけられている。

どくんと、心臓が壊れそうなほど大きな音を立てた。もちろん、それは胸のときめきとか、そういう種類のものではない。

ああ、あの人だ……

黒木貴仁《くろきたかひと》、三十二歳。我が社の社長秘書で、今現在、社内で一番恐れられている人。彼は私のことなど知りもしないだろうけれど、本社勤務の社員で彼を知らない人はまずいない。私が彼の年齢までしっかり覚えているのは、本社に来てすぐの頃社内報で彼と社長の記事を読み、大企業なのに随分若い社長と秘書だと印象に残ったからだ。

店員にカウンターがいいと視線で伝えた私は、ゆっくりと彼のスツールに近づいていく。そうしながらも、頭の中はすっかりパニックだった。

……私、ここからどうしたらいいの?

あの脳内お花畑な先輩が、やばい人にやばいものを盛ったと知ってしまった以上、効果の有無にかかわらず、放置するのはまずいと思った。その思いだけで店に入ってしまったけれど……ここから一体、どうすればいいというのか。

一番いいのは飲むのを阻止することだが、もし飲んでしまったらその後の対応を考えなくてはいけない。いや、既に飲んでる？　もう遅い？

どくどくどくと心臓の音がうるさい。カウンターに近づくほどに脚が震えた。さすがに、すぐ隣のスツールに座るのは怖くて、ひとつ空《あ》けた席に手を置く。

恐る恐る隣を見る。

細いフレームの眼鏡をかけた端整な横顔は、間違いなく黒木さんだ。彼の手元のグラスを見ると、洋酒の水割りらしい琥珀《こはく》色の液体が揺れている。

見ているうちに、彼がそれを口元に運び一息に傾けた。

「あっ……！」

思わず声が出てしまう。どうやって止めるか、考える余裕もなかった。私の声が聞こえたのか、彼が視線をこちらに向ける。

ばっちりと目が合い、私はひゅっと悲鳴を呑み込んだ。

凍てつくような冷たい視線が、私を見ている。その冷気にあてられた私の身体が、凍り付いたようにぴきっと固まった。

やばい。死んだ。

いや、まだセーフ？　目は合ったが、向こうは私が同じ会社の社員だとは気づいていないはずだ。

視線の恐怖だけで当初の目的を忘れて逃げ出しそうになった。

彼が社内で恐れられているのには理由がある。今から数年前、若くまだ立場の弱かった高輪社長から後継者の座を奪おうと、当時常務に就いたばかりの社長の弟を担ぎ上げようとする勢力があった。その弟一派の役員たちを追い詰め失脚させたのが、黒木さんだと噂で聞いた。

それはもう、悪魔のごとく容赦のない追い落とし方だったらしい。その悪魔の視界に、私は今、入ってしまった。

眼鏡越しの鋭い眼光が、悪魔と喩《たと》えられる彼の恐ろしさが決して誇張ではないのだと思わせる。私の背筋にぞくぞくと寒気が走った。

次の瞬間、冷たい印象に拍車をかける薄い唇が開く。

「……おひとりですか」

「え……」

優しく誘うような低い声だ。薄情そうに見えた唇が、柔らかく笑みを作っている。一瞬でくるりとひっくり返った印象に、返事も忘れて目を見開いた。

「失礼、待ち合わせでしたか」

「あ、いえ！　……ひとりです」

慌ててそう答えると、彼は自分の隣のスツールを私に勧める。

「連れが来るまでしばらくかかりそうで。もしよければ、それまで付き合っていただけませんか」

　とても穏やかな物言いがあまりに意外で、ちょっとときめいてしまう。

　これはチャンスだ。彼は媚薬《びやく》入りのお酒を半分ほど飲んでしまっている。見たところ、特に変化はなさそうだから媚薬《びやく》なんて眉唾《まゆつば》ものかもしれないけれど、まだ安心はできない。すぐに効果が表れるものではないかもしれないし、もうしばらく様子を見たほうがよさそうだ。

「それじゃあ、失礼します……」

　いくら雰囲気が和《やわ》らいだといっても、やはり声が震える。どうにか笑みを浮かべてスツールに座った私の目の前で、彼はグラスに残っていた酒を全部呷《あお》ってしまった。

　声を上げる間もなく、またしても止められなかった。いや、そもそもどうやって止めたらいいかもわからないのだが。

　彼はグラスをカウンターの一段高いところに置くと、中にいるバーテンダーに声をかける。

「同じものを。……あなたは何を飲みますか」

　後半は私に向けた問いかけだ。咄嗟《とっさ》に思い浮かばず、迷った末に私も同じものを頼んだ。

「結構、強めだけど大丈夫？」

　カウンターに頬杖をつき、こちらを流し目で見る。その表情に、くらくらしてしまう。

まだ酔ってもいないのに。

「あ、ごめんなさい。実は何をどう頼んでいいかよくわからなくて」

確かに、ひとくち飲むとかなり強い。

「あまり慣れてなさそうだと思った」

大きな手で新しいグラスを揺らしながら、彼はゆっくりとお酒を楽しむ。もしかして、慣れない様子を見かねて声をかけてくれたのだろうか。

だとしたら、実は優しい人なのかもしれない。

そう思ってしまうと、尚更罪悪感でちくちくと胸が痛くなる。先輩はそんな人に、媚《び》薬《やく》なんて得体のしれないものを飲ませてしまったのだ。

……ああ、でも。やっぱりあの薬に効果なんてないのかも。

媚薬《びやく》の効果どころか、こんなに強いお酒を飲んでいても彼の表情は少しも変わらない。

だが、その横顔を盗み見てほっとしていられたのは、新しいグラスが空《から》になるまでだった。

彼が、ふうっと苦しげな息を吐き、額《ひたい》に手を当てた。もしかして、薬のせいで具合が悪くなってきたのかと、どきどきしてしまう。

「あの……大丈夫ですか?」

「ああ、少し、酔ったようで」

彼は心配させまいとしているのか、笑ってこちらを見た。そんな表情を向けられると、本当に申し訳なくなってくる。顔色を確かめようとしたが、店内ではわかりづらい。ほんのり赤く見えるのは、橙色を帯びた店内照明のせいにも思えるし、そうでないのかもしれない。

「……普段、このくらいで酔うことはないんだが。申し訳ない、こちらから誘っておきながら」

すまなそうに私に謝って「もしかすると風邪でも引きかけているのかもしれない」と言った。

「私のことは気にしないでください……大丈夫ですか？」

やっぱり、媚薬《びやく》のせいだろうか。本当に媚薬《びやく》が効いているのだとしたら、これからどうなるのだろう。放っておいて大丈夫なのか。万が一薬が身体に合わなかったりして、もっと具合が悪くなったりしないだろうか。

黒木さんがバーテンダーにカードを渡し、私の分も一緒にと言っているのが聞こえた。

「そんな、私の分まで」

慌てて止めたが、バーテンダーは黒木さんの言った通りに会計を済ませてしまった。

「誘っておきながら悪いが、先に失礼する。貴女はどうぞゆっくり飲んで行ってください」

丁寧にそう言われたけれど、やはり気になる。会計のこともあるが、何より彼の体調だ。スツールから立ち上がり店を出ようとする彼の足元がふらついていた。

だめだ。放っておけない。そう、思ってしまった。

「あ、あの……！」

気づくと私は、彼を呼び止めていた。

「ご自宅はこの近くですか？　具合が悪そうですし、タクシーで帰られるならそこまで送ります。なんでしたら、病院にも付き添います」

「……親切にありがとうございます」

体調が優れない状態で、ひとりで帰るのは不安だろう。彼の口元に浮かんだ笑みは、安心からくるものに違いないと私は疑いもしなかった。

最初に不安を感じたのは、彼の行き先が自宅でもタクシー乗り場でもなく、このホテルの客室だと言われた時だ。

今夜はホテルを利用するつもりだったから部屋を取ってあるのだと、そこまで付き添ってもらえれば助かると言われた。

話しながら零れる吐息が辛そうで、迷わず頷いてしまった。だが、一緒にエレベーターに乗り込んだところで、これはまずい状況なのではないかと思い始める。

いや、でも、店での彼はとても紳士的だった。それに具合が悪いなら、やはり部屋に付き添うくらいはしなければ。

エレベーターが上昇していく中、こっそりとスマートフォンで『天使の媚薬《びやく》』を検索した。販売元のサイトなら、万一具合が悪くなった場合の対処の仕方などが書いてあるかもしれないと思ったのだ。

ついでに本当に効くのかどうか、体験談みたいなものがあればと思った。だって今の状況、下手《へた》したら貞操の危機に繋がる。

サイトを見つけて、さっと目を通した。載っている体験談は高評価のものばかり。つまりこの薬は、効果があるということだろうか。

……わ、私、このままついていって大丈夫？

客室のある階に着いてしまい、躊躇《ためら》いながらも彼に続いてエレベーターを降りる。後ろから見る限り、廊下を歩く彼の足取りは支えなければ歩けないほどではない。しばらくして立ち止まった彼が、カードキーを取り出し部屋のドアを開けた。

「あの、大丈夫そうなら、私はここで……」

もう大丈夫だろうと、急いで引き返そうとした私の腕が、彼に捕まえられた。

今になって思えば、私が正常な判断ができるくらい落ち着いていたら、逃げられる可能性もあったはずなのだ。

「あ……の……」

迂闊《うかつ》にも、私はそれを見過ごして、媚薬《びやく》を飲まされた彼の体調にばかり気を取られてしまった。だから今、こうなっている。

背中にはベッドのスプリング。目の前には私の顔の横に片手をついて微笑む男。それは、バーで見たような優しげな笑顔なんかではなく、明らかに冷笑だった。

黒木さんはもう片方の手で眼鏡を外すと、それをベッドのサイドテーブルに置き、再び私を真上から見下ろしてくる。

「さて……総務の天沢佳純だったか」

驚いたことに、彼は私のことを知っていたらしい。まったく接点などないのに、部署とフルネームまで。

やばい。まずい。まさか身元が割れているとは。

しかもその上でこの状況に持ち込まれたということは、彼はわかっていて私を部屋に連れ込んだのだ。

眼鏡越しじゃない、漆黒の瞳が真上から私を捉《とら》える。

「どういうつもりで俺に近づいた?」

ナイフみたいに鋭く細められた目に、思わず「ひっ」と喉が悲鳴を上げた。

ああ、やばいやばいやばい。これは、貞操の危機どころじゃない。

生命の危機、のような気がする……!

返答によっては、社会的に抹殺される――そんな空気をひしひしと感じた……!

とりあえず、絶対に言ってはいけないことがひとつ。先輩が媚薬《びやく》を飲ませたことを口にしたら、何をされるかわからない。

というか、媚薬《びやく》どうなったの。まったく効いてない？　サイトの口コミでは高評価だったのに？

目の前の彼は、正気を失っている様子もないし酔っている様子もない。まして、先ほどまでの具合の悪そうな様子もまったくない。

つまり、騙《だま》されたのだ、私は。

「ち、近づいたって……声をかけたのはそちらからだったと思いますが」

どうにか、誤魔化さなければと気ばかりが焦る。上手《うま》く動かない頭で、決して私から近づいたわけではないと主張する。

「そちらからとは？」

黒木さんは眼鏡を外した手で、今度はネクタイの結び目を掴んで緩める。そんな仕草が、目に毒なほど色っぽい。それはもう、毒々しいほどに。

くらくらしながらどうにか答えた。

「で、ですから、黒木さんから声をかけてきたじゃないですか」

「つまり、俺が黒木貴仁だとわかってたんだな」

「えっ、あ……」

……どうやら、語るに落ちたようです。

嫌だもう、この人と喋《しゃべ》るの。

心臓が持たない。緊張して、息が上がる。

「それは、もちろん……黒木さんは社内では有名だし……でも、わざと近づいたわけではっ……」

「じゃあ、どうして俺が声をかけた時に何も言わなかった？」

「まさか私のことを知ってるとは思わなかったし、顔見知りでもない一社員に名乗られても困ると思ったからです！」

頭をフル回転させ、穏便にこの場をやり過ごす方法を必死に考えた。この返事に満足していただけただろうか。そんな私を、彼は何もかも見透かしそうな、感情をそぎ落とした冷ややかな顔で睨《にら》んできて、怖いのに目を逸らせない。

上がり続ける心拍数に気分が悪くなってきた。逃げたいと思うのに、身体はがっちがちに固まっている。

「ふぅん」

無表情のままぼそりと呟かれた声に、すぐにわかった。

まったく信じてもらえていない。

びくびくしながら彼の言葉を待つ。無言がしばらく続いたが、少しして彼が軽く肩を竦《すく》めた。

「まあ……そっちがそう言うなら」

ようやく解放してもらえるとほっと力を抜いたところで、続く彼の言葉が耳に入った。

「こっちは勝手にやらせてもらおう」

「え？」

彼はそう言うなり、解いたネクタイを、しゅるっと音を鳴らして襟《えり》から引き抜いた。その仕草が、とても様になる。仄暗《ほのぐら》い部屋の照明の中で、彼はとても艶《つや》めいて見えた。状況も忘れ見とれてしまう。

これほど近くで彼を見たのは初めてだ。遠目にも綺麗な人だと思っていたけれど、近くで見るとその顔の造形はあまりに芸術的だった。高輪社長も美形だけれど、彼の顔には人間味というか愛嬌《あいきょう》がある。対して彼は、悪魔と呼ばれるのが似合うくらい、恐ろしいほど整った容貌をしていた。

そんなことを考えていると、頬に手が触れた。指先が頬の丸みを撫で、耳に移る。耳珠《じじゅ》と耳孔の入り口を指先でくすぐられて、ぞくぞくとした感覚が背筋を襲った。

「んっ」

思わず顔を背《そむ》ける。零れた自分の声が信じられないほど甘く聞こえて、それでようやく我に返った。いつのまにか、彼に見とれて抵抗を忘れてしまっていた。

……え、あ、う、嘘、嘘……冗談でしょう⁉

大きな手が、私の首筋を撫でる。指先に少し力を入れて、肌の弾力を確かめるような撫で方に、身体がぞわぞわとして力が抜けた。覆《おお》い被さる黒木さんを慌てて押しのけようとしても、まったく歯が立たない。

白いワイシャツ越しに、筋肉質な硬い身体の感触が手のひらに伝わってくる。首筋から移動した彼の手が、乱れて開いたブラウスの中へ入り込んできた。

「ひゃっ」

変な声が出てしまったが、彼の手はまったく躊躇《ためら》いなく進み、肩を撫でながらブラウスの布と一緒に下着の肩紐をずらしてしまう。

……なんで、なんでこんなことになっているの。

「あ、あの、あのっ……」

「なんだ」

声が冷たい。こんなことをしているのに、彼には少しの興奮も見られない。そう、だからこれは媚薬《びやく》のせいなんかではないはずだ。だったら。

「なんでこんなことっ」

「なんで？　変なことを聞くな。そっちの思惑に乗ってやっているつもりだが」

思惑って何？　彼は一体なんの話をしているのか。

「そのつもりで部屋までついてきたんだろう」

「ち、違いま、あ、や、……！　やめてやめて」

ブラジャーがずらされてコンプレックスの小さな胸が、彼の目に晒《さら》される。かあっと頭に血が集まって、頬が熱くなった。

いやー！　なんでこの人、こんなに淡々と事を進めるの！

「み、見ないでくださいっ……」

胸を隠そうとした手は、簡単に彼の手に捕まってシーツの上に押し付けられた。もう片方の手も振り払われて、私のささやかな膨らみの横に彼の手が触れる。

「あ……う……」

見れば、胸の一番敏感な先を避けるように、横から包み込まれていた。とても、大きくて綺麗な手に。

指が長いなあ、なんて、呑気《のんき》に考えている場合ではない。

視線を上げると、目の前にはじっと観察するように私を見ている黒い目がふたつ。かあっと顔に熱が集まる。きっと今私の顔は、目も当てられないほど真っ赤になっていることだろう。

そこで、ふっと笑ったような吐息が聞こえた。黒木さんが少しだけ表情を和《やわ》らげる。

「……まるで林檎《りんご》だな」

バーで見た余所《よそ》行きの笑顔じゃない。悪魔でもなくちゃんと血の通った人間に見えた。その笑みがまた意地悪なものに変わったと思った直後、私の首筋に顔が寄せられ吐息が肌をくすぐる。

「んんっ……」

ちゅっ、と可愛らしい音を立てて、肌を啄《ついば》まれた。けれど、可愛らしいのは音だけだった。彼の乾いた唇は、そのまま羽根のような柔らかさで私の肌の上を滑る。その間も、胸の上に置かれた手は軽く力を入れて膨らみの周囲を辿《たど》っていた。

「あ、あ、あ」

小さなさざ波のような心地よさが、彼の触れているところから身体中に広がっていく。感じたくない、いや感じてはいけないのだ。それなのに、どうにもならない。

触れ方はこの上なく優しいのに、その効果は暴力的なほどだ。こちらの意思など関係なく、身体の力が抜けていき、頭の芯がじんと痺《しび》れる。

「んーっ」

甘い声が漏れ続けるのをどうにかしたくて唇を引き結ぶ。ついでに相手を振り払おうと激しく首を振ったら、ふっと息で笑われた。

たちまち、カチンと頭にきた。文句を言おうと口を開いた次の瞬間、耳の裏側にぬるりと舌が触れる。

「あああっ」

ぞぞ、と甘い痺《しび》れに身を捩《よじ》る。片肘をベッドについた彼の腕が、私の頭を囲った。顔を横に背《そむ》けた状態で、がっしりと頭を固定され、逃げる身体を押さえ込まれる。そして耳元に、彼の唇を感じた。

「んあっ」

「……耳、弱いな」

吐息まじりの声を吹き込まれただけで零れてしまった甘い声。いや、耳、弱くない人なんていないでしょ？

今の私は、彼に自分の弱点をさらけ出した状態で、身動きひとつできないでいる。これまでは、この状況はただの脅《おど》しにすぎないと、心のどこかで彼の良心に期待していたのだと思う。けれど、ここにきてようやく、彼にこの行為をやめるつもりが欠片《かけら》もないのだと理解した。

「や、だめ、やめ、やめて」

顔を横に向けたまま動けない。手に上手《うま》く力が入らなくて役に立たない。唯一まともに動いてくれそうな脚で、シーツを蹴って逃げようとした。けれど……

「あ、あ、ああああっ、あっ」

耳朶《じだ》から耳の裏まで、吐息を吹きかけながら舌で舐《な》め上げられ、耳の縁を辿《たど》って耳朶《じだ》に戻る。それを何度も繰り返され、無意識に零れる甘い声が部屋に響いた。否応《いやおう》なく身体の熱が上がる中、頭を押さえる手の指が髪を梳《す》くように地肌を撫でる。まるで私を宥《なだ》めすかして、甘やかしているようだった。

じっくりと時間をかけ、散々耳と首筋を舐《な》められた私は、もう何か考える余裕もない。じっとりと肌が汗ばんでいる。服はすっかり乱されて、隠れていないところのほうが多い。耳への愛撫《あいぶ》ですっかり私から抵抗力を奪った彼の唇は、今はささやかな胸の谷間で肌の柔らかさを楽しんでいた。胸元で弾む唇に、羞恥心《しゅうちしん》が湧き上がる。

スカートの裾《すそ》から忍び込んだ手が、太腿を撫でながら奥に入ってきそうになって、びくりと身体を震わせる。するとその手は、一度膝まで戻った。

そんな彼の冷静さが怖いと、僅《わず》かに残った思考が訴えている。

そう、この状況において尚、彼は冷静に私の反応を見極めていた。

そのことに気がついて、少し頭が冷える。この人は多分、ただ私を抱こうとしているわけではない気がした。

……何をしようとしているんだろう？

考えていると、太腿の裏をさわさわと撫でられて、また頭の芯が痺《しび》れてくる。だめだ、このままでは、本当に手を出されて終わりになってしまう。

力では敵《かな》わないし、泣いて許してくれるタイプにも見えない。

この窮地《きゅうち》を脱出するには。

そうだ、話だ。何か、話をするほうに持っていこう。

「あ、あっ、あのっ……そういえば、なんですけどっ……」

浅い息遣いでどうにか声を出したからか、喘《あえ》ぎながらのみっともない喋《しゃべ》り方になった。

だけど今は、そんなことを気にしていられない。

「なんで、私のこと、知って……」

純粋に疑問だったことをとりあえず口にする。

「本社の社員の顔と名前と部署くらい全員頭に入ってる」

「う、うそぉ……何人いると思って……」

社員全員……全員、って言った？

それを知って、頭の中で何かが引っかかる。しかし、引っかかった何かを考えるだけの時間を、彼は与えてくれなかった。

「あんっ……」

まるでお仕置きでもするみたいに、突然、胸の先に刺激が走る。

胸にあった手の指で蕾《つぼみ》をきゅっと捻《ひね》られたのだ。

「あっ、あ、あ」

親指と人差し指で、きゅっきゅっとリズムをつけて摘まれる。甘い刺激に、また頭の中が熱くなってきて、強く目をつむった。

目を閉じて胸からの刺激に耐えている間に、すっと内腿を辿《たど》った手が素早く脚の間に潜《もぐ》り込む。あっと思った時には、ショーツの上からその場所に爪を立てられ、筋に沿ってなぞられた。

「ひ、あああああん」

中心から、上部に向けて指を動かされ、くるりと爪で円を描かれる。私の口から、あられもない声が出た。快感がびりびりと脳に響いて、無意識に腰を跳ねさせる。

覆《おお》い被さっていた彼が上半身を起こしたことで圧迫感が和《やわ》らぐが、解放されたわけではない。胸を弄《いじ》っていた彼の手が肌を撫でながら下りてきて、私の腰骨を掴む。そして、秘所を撫でていた指がショーツの中に潜《もぐ》り込んできた。

「や、ああ」

ぐちゅりと音が鳴って、泣きたくなるくらいに恥ずかしくなる。こんな状況なのに、そこはしっかりと潤《うるお》っていた。

私の中で、一線を越えてしまったような諦め感が満ちてくる。

とうとう触れられてしまった場所は、自分の中で最後の砦《とりで》のような感覚だったのかもしれない。

「やあ、だめ、だめ、だめっ……」

捲《めく》れ上がったスカートの中で、ぐちゅぐちゅと音がしている。私の腰を掴んでいた手が、指にショーツの端を引っかけ下ろす。太腿の中ほどまで下ろされたところで、咄嗟《とっさ》に膝を曲げて脚を閉じようとした。しかし、黒木さんの身体が邪魔をして叶わない。

仕方なくスカートの裾《すそ》を掴んで、せめてもと自分の脚に押し付けた。脚の間に、彼の手を挟んだまま。

「だ、だめ、もうっ……やめて」

そう言って下唇を噛みしめる。そんな私を見下ろす彼は、悔しいほどに乱れていなかった。私はこんなに淫《みだ》らに乱されているのに、彼はワイシャツのボタンを僅《わず》かにふたつ外しているだけで、汗ひとつかいていない。

ここが会社なら「さてもう一仕事するか」なんて言い出しそうな雰囲気だ。私ひとりだけが、全身の肌を真っ赤に染めて服をぐちゃぐちゃにしている。

悔しくて、乱れた息を無理やり呑み込み、黒木さんを睨《にら》んだ。私を見返す彼の目は涼しいままだけど、手が止まった。

「やめてほしい？」

秘所に触れていた指が、くっと関節を曲げてその場所を刺激する。

「んっ……」

声は噛み殺したつもりだったけれど、少しだけ漏れた。それでも相手を睨《にら》み続けていると、なぜだかとても、面白いものを見るような目をされた。

「……やめてほしそうには見えないけどな」

指を曲げられる度に、くちゅくちゅと音が鳴る。彼の指を冷たく感じるのは、私のその場所が熱くなっているからだろうか。

「やめ、くださいっ。ほんとに、そんなつもりで、ついてきたわけじゃなくて、具合が悪そうだったからでっ……」

ゆっくりと私の呼吸を乱す、もどかしい愉悦《ゆえつ》に耐えながら、どうにかこうにか、言葉を発した。彼の指先で繰り返し与えられる刺激に、曲げた膝がぴくぴくと反応している。

「そうか、でも、まあ……遊んでいけ」

彼の声は、相変わらず熱がなく、そして行動には容赦の欠片《かけら》もなかった。

立てた私の膝に、秘所をあやす手とは反対の手を添えると、彼はそこに自分の頭を寄せた。まるでまくらにでもするみたいに。

「あ、あそ、あそ……？」

……遊んでいけ⁉

やめてと言っているのに、その返しはないだろう。

なんだろう、何をどう言えばいいのか、まったくわからない。ただ、馬鹿にされているのだけは、よーくわかった。

かっと頭に血が上る。力では敵《かな》わなくても、そう簡単に好きにされてたまるかと遅まきながらに反発心が生まれた。それが、彼に反撃する気力に変わったらしい。

相手は悪魔と恐れられている人だと、無意識に萎縮してしまっていた。けれど――ぶんっと彼が抱いているほうの脚を振り上げる。そのまま、彼の顔面を標的にした。力では劣るけれど、さすがに顔面に脚が当たれば隙ができるはずだ。そうしたら、逃げ出せる。

「おっと」

振り上げた脚を、ひょい、と躱《かわ》されて、膝の裏を掴まれた。不意打ちを狙ってもっと慎重にやればよかった。後悔してももう遅い。

彼は私の膝裏を掴んだまま、上から身体を押さえ付けるように圧《の》し掛かってくる。

「ひゃあんっ」

その拍子《ひようし》に、秘所を擦る指がぐちゅりと音を立てた。彼の手のひらが私の陰核に触れ、そのまま押し潰してくる。

「こ、こんなことして、いいんですか、社長の秘書が……っ」

「……まあ、よくはないが……それを言ったらお互い様だな？　それに部屋の前まで自分で歩いてきただろう」

暗にこれは合意だと言われ、くすりと耳元で笑われた。がっちりと押さえ込まれた身体は身動きすらできず、反撃の無意味さを教えられる。

濡れた襞を撫でる指は、蜜を絡めるように入り口をくすぐる。同時に、親指が陰核を撫で始めた。

腰が甘く痺《しび》れて、逃げ場のない熱が溜まっていく。

優しく、緩く、官能を誘う指の動き。否応《いやおう》なく私を愉悦《ゆえつ》が襲い、目の前がちかちかした。彼の香水だろうか、ふわりとレモンのような爽《さわ》やかな香りが漂《ただよ》う。

「……もし、本当にやめてほしかったら、何が目的で俺に近づいたのかちゃんと言え？」

命令口調なのに、優しく問いかけられているようで、くらくらと眩暈《めまい》がした。

ああ、だめ、だめだ。

言っちゃいけないこと。でも言わないとやめてもらえない。でも、本当に、黒木さんに近づきたかったわけじゃなくて、変なものを飲まされた彼が心配だったからで。

でも、薬はまったく効いてなさそうだし具合も悪そうじゃないから、信じてもらえないかもしれない。

「あああああん」

蜜口をくすぐっていた指が、潤《うる》んだ中へと潜《もぐ》り込む。くるりと親指の指先で陰核の皮を剥《む》き、熟した花芽を露出させる。

もう、悲鳴みたいな声しか出ない。こんな、全力で感じさせておいて、本当に答えさせる気があるのか不思議に思った。

親指が蜜を絡めて花芽を左右に震わせる。その度に背筋がしなり、脚に力が入り勝手に腰が浮き上がった。

「や、あ、あああああっ！」

こんな風に、激しく痙攣《けいれん》したのは初めてだった。がくがくと腰が震える。それでも秘所を弄《いじ》り続ける指から逃げたくて、必死に彼の手首を掴んだ。

ひくんひくんと細かな痙攣《けいれん》が後を引き、身体の震えが止まらない。

「……天沢、佳純」

まるで確かめるように、フルネームを呼ばれた。汗と一緒に、涙が目尻から一粒落ちる。それを感じながら、私の意識はぷつりと途切れたのだった。

2　神様、ここに悪魔がいます……！

駅から歩いて、会社のビルの入り口が見えた途端に胃が重くなるのを感じた。

毎日、厄介な井筒先輩に振り回されていても、出社拒否したくなるようなことはなかった。

私は何事も割と楽観主義だ。井筒先輩は面倒だが、彼女は婚活のために会社に来ているような人だし、そのうち相手を見つけるかお見合いでもして結婚退職するだろう。それまでの我慢だと思えば、そんなに辛くはなかった。

だけど、今日ばかりはだめだ。本気で出社したくない。仮病を使おうかと真剣に考えたのも、今日が初めてだ。

「……さいあくだ」

昨夜のことを思い出せば、そりゃ足取りも重くなるというもので。

夜中、ふっと目が覚めたら見知らぬ部屋の天井が見えて、しばらく頭が働かなかった。部屋には私ひとりで、黒木さんの姿はどこにもなく、服も多少乱れているくらいだった。もしやあれは夢だったのかと思いたかったけれど、そんなわけはない。

部屋はチェックアウトが必要なのだろうかとかちらりと考えたけれど、それよりも、もしあの人が戻ってきたらと思うと怖くて、急いで身支度を整え逃げ出した。

タクシーに乗って、家に戻ったのは日付を跨《また》いだ頃。結局それから、一睡もできなかった。

……大丈夫、会社では早々会うことなんてないはず。今までだって数えるくらいしか社内で見かけていないんだから。

一線は、越えていない。それくらいはわかる。だから、このまま何もなかったことにすればいい。社内で出くわさないようにすれば、きっと大丈夫。

「大丈夫、大丈夫。いつもみたいに先輩の尻拭いに奔走してれば、あっという間に一日が終わって、何事もなく帰れる。向こうだって、昨日のことなんてすぐに忘れるに決まってる」

何かを疑われていた気がするけれど、きっとその疑いは晴れたのだ。起きた時にいなかったのは、そういうことだろう。

必死に自分に言い聞かせて、恐る恐る出勤した。高輪コーポレーションのどどんと大きな本社ビル。セキュリティゲートを通過して、オフィスに行く前に一階のコンビニに向かう。眠気覚ましのドリンクを買うためだ。あと、胃薬も買っておきたいけれど、あっただろうか？

キリキリ痛む胃の辺りを押さえながら、あと少しでコンビニの入り口に着くという時だった。

とんとんと軽く肩を叩かれて、びくっと身体が震える。

「ひっ」

小さな悲鳴を上げて固まった。だが、普通に考えて、黒木さんがこんな会社の目立つところで私に声なんてかけてくるはずがない。

同じオフィスの仲間か、きっと井筒先輩だ。井筒先輩なら、今日こそは絶対に説教してやると考えていたからちょうどいい。

そう思って振り向いた。

井筒先輩は、私より少し背が低い。もし彼女なら、振り返ってすぐに目が合うはずのに、そこにあったのはダークスーツにちょっと地味めなネクタイ。じりじりと視線を上げる。すっとした細い顎《あご》に、薄い唇と高い鼻梁《びりょう》が目に入って絶望し、目が合った瞬間ぴきっと固まった。

「おい」

「はいっ！」

反射的に返事をしてから息が止まる。

そこには、何事もなかったかのような無表情の黒木さんが立っていた。

いや、違う。何事もなかったら、彼がこうして私に声をかけてくることなどない。

逃げたい、絶対会いたくないと思っていた相手が目の前にいて私を冷ややかな目で見下ろしているなんて、息どころか心臓も止まってしまいそうだ。

「え、あ……」

「登録したか？」

「え？」

登録？　何を？

驚愕《きょうがく》と緊張と恐怖の三拍子《びょうし》で頭がまったく働かない私は、質問の意味がわからない。

黒木さんの眉がぴくっと動いて、私はびくっと震えた。

ふう、とため息が聞こえる。彼の指がとんと私のトートバッグの縁を叩くと、すれ違いざまに私の耳元に囁《ささや》いた。

「名刺を入れておいただろう。登録して今日の昼に連絡を」

そのまま、すっと去って行った。

固まったまま数秒立ち尽くす。黒木さんの冷気が消えた（錯覚）ところで、ぷはっと息を吹き返した。

途端にどくどくどくと心臓が忙《せわ》しなく働きだす。本当に止まりかけていたのかもしれない。

「び……びっくりした……」

一体、彼は何を？

そういえば、名刺を入れたと言っていた。

肩に引っかけているのは、昨夜と同じトートバッグだ。肩紐をひとつ外し、中を覗き込む。昨夜は混乱していたし朝もまだ動揺していて、バッグの中なんてほとんど見ていなかった。

ひらりと白いカードのようなものが見えて、嫌な予感がする。手に取ると、彼の名前が書かれた名刺だった。社名と肩書、連絡先が載っている。

そしてくるりと裏を返せば、手書きで携帯番号が書かれていた。つまり、これを登録して、昼に連絡を寄越せということだろうか。

「え、なんで？」

なぜ私がこれを登録して、彼に連絡しないといけないの。

名刺をバッグに戻して、ぎゅっと持ち手を握りしめる。悔しくて腹が立ってきた。昨夜、あんなことをした私をひとり部屋に放置したくせに、平然としたあの態度。

トートバッグを叩いた長い指先を思い出す。

そう、態度は酷くて問答無用でも、あの指先だけは信じられないほど優しかった。

一方的に高められた熱を思い出し、じわじわと顔が熱くなった時、またしてもとんと肩を叩かれた。

「ちょっと」

「ひゃあっ！」

びくんと背筋が伸びる。悲鳴を上げた私を見て訝《いぶか》し気に眉根を寄せたのは、すべての元凶である井筒先輩だった。

「こんなところに突っ立ってどうしたのよ、大丈夫？」

全然大丈夫じゃありません、あなたのせいで！

ここじゃ話しにくいから、と井筒先輩の手に引かれて人の少ないところに連れていかれる。私としても、ちょうどいい。さすがに今回のことは、いくら井筒先輩の頭がお花畑だとしても許されることではない。

けれど非常階段の扉の近くまで来ると、がっしと両腕を掴まれ彼女の顔が近づいてきた。

「ちょっと、あの後どうなったのよ？」

「どうもこうもないです、大変だったんですから……！」

周囲にさっと目を走らせてから、ふたりそろって声を潜《ひそ》める。人の気配はないとはいえ、大きな声で話せることではない。

「大変って、じゃあ上手《うま》くいったの？」

なんで『大変だった』が上手《うま》くいったことになるのよ！　と爆発しそうになるのをどうにか抑えて言い返す。

「そんなわけないでしょ。いくらなんでもあんな計画無茶すぎます！　お目当ての人を捕まえたいなら、もっと真っ当な方法にしてください！　っていうか、なんなんですか、あれ、全然効かないし！」

途中で怒りのポイントが微妙にズレたが、どうしても言いたかった！

大体、媚薬《びやく》を飲ませたと言われたから心配してついていったのに、効果が表れるどころかけろっとしていて、むしろ私のほうが散々乱されて、それがどうにも悔しい。こっちが喘《あえ》ぐ中で、あの少しも熱を感じない目は、なんだ。

「そうなの？　でもあれ、口コミで広がった商品だからかなり効果があるはずなんだけど」

確かに、サイトには口コミがたくさんあった。だが、所詮《しょせん》ネットの口コミだ。信憑性《しんぴょうせい》に欠けるのではないだろうか？

ああいう商品サイトがどんな売り方をしているのか私にはわからないけれど、もし本当に効果のあるものなら、それはそれで怖い。

だってあの人には、そんな強力な媚薬《びやく》が効かなかったということだから。

……さもありなん。

あの人なら、あり得そうだと思ってしまうのがまた怖い。

「っていうか、よく入れられましたね……そんな簡単に近づける雰囲気じゃなかったですよ？」

「目が合った時はまずいと思ったけど、でも社員だと気づかなかったみたい。すぐ目を逸らされたから隣に座ったのよ」

「え、目が合ったんですか」

違和感を覚えて、眉間に力が入った。

……気づかなかった？　黒木さんが、井筒先輩に？

あり得ないでしょう、だって本社の社員の顔は全員覚えているって言ってたんだから。

それとも、あれはハッタリでたまたま私のことを覚えていただけ？

いや、きっと、違う。あの言葉に嘘はない気がする。

だとしたら、井筒先輩に気がついていた？

それなら井筒先輩と私が同じ総務だということもわかっていたはずだ。ああ、だから、何を隠しているのかと私を問い詰めたんだ。

……結局、全部、この人のせいか。

脱力して、げんなりしていると、先輩の呑気《のんき》な声が続いた。

「あら、薬が効かなかったなら、全然大丈夫だったってことじゃない。バーに入った後あっさり帰ったってこと？」

「う……いや、それは」

言えない。絶対知られたくない。あんなことされたなんて、しかも、一方的に気持ちよくさせられただけだなんて、絶対言えない。

思い出すと顔が熱くなってきて、慌てて頭を振った。

「そ、それより、高輪社長はどうなったんですか。社長と出会うきっかけを作りたくてあんなことしたんですよね？」

井筒先輩の調べによると、あのバーで黒木さんと社長がよく待ち合わせをして飲んでいるらしい。しかし黒木さんが隣にいる限り、そう簡単に社長には近寄らせてもらえない。だからこそ、黒木さんを足止めしようとしたのだろう。

「それがねえ、来なかったのよ、高輪さん……」

「え……」

「何か予定が変わったみたいで……せっかくのチャンスだったのに」

残念だわ、と唇を尖らせる彼女に、私は膝から崩れ落ちそうになった。

これ、私、骨折り損ってやつでは。

くらくらと眩暈《めまい》を感じながら、井筒先輩を放って歩きだした。しかし、彼女はまだ話し足りないのか後をついてくる。彼女も同じ総務なのだから、もとより行き先は同じなのだが。

今朝はもう、先輩の話を聞く気力がなかった。

「ロビーで待ってて、姿が見えたら上手《うま》く近づくつもりだったのよ。それなのに、いつまでたっても来ないから、見逃しちゃったのかと思って、バーに見に行ったらあんたたちもいないし。そっちはてっきり上手《うま》くやったのかと思ってたわー」

追いついて隣に並んだ彼女は、何か疑うような視線を向けてくる。

「いやだから、上手《うま》くってなんですか」

「だから、媚薬《びやく》の利《き》いた黒木さんを店から連れ出して……」

「悪魔に媚薬《びやく》は効きませんでした。だからしばらく様子だけ見て帰ったんです」

間違いなく薬を盛ったようなのに、なんで効かなかったんだろう……

考えていて、ふと、思いついた。隣に座ったのが井筒先輩だと気づいていたなら、先輩が薬を盛ったことももしかして？

トートバッグに入った彼の名刺のことを思い出し、連絡してこいとは一体なんの用なのだろうと、ぞっとした。


午前中は時間が過ぎるのがあっという間だった。いつもなら、お腹が空《す》いてきてランチの時間が待ち遠しくなるはずなのに、今日は時間が止まればいいのにと思う。

もちろん、止まりはしないのだけど。

「ここより、十階のほうが美味《おい》しいよねー」

井筒先輩が、オムライスをスプーンで掬《すく》いながら残念そうに言った。

この本社ビルには、一階ロビーと五階、十階にカフェテリアがある。一階は社員が一緒なら外部の人間も使用することができる。

社員数が多いので、カフェテリアが三つあっても昼時はどこも賑《にぎ》わう。私は今、井筒先輩と総務に近い五階のカフェテリアに来ていた。少し離れた席には同じ総務の女性社員、安藤《あんどう》さんと田中《たなか》さんもいる。

あのふたりは井筒先輩と同期で、時々親しく話している。けれど、仕事に関してはノータッチだ。まあ、気持ちはわかる。

注意力皆無な井筒先輩は、備品の注文をお願いすれば桁を間違えてえらいことになったりする。下手《へた》に関わると、巻き込まれて大変な目に遭うのは自分なのだ。

「十階まで行ったら、移動に時間かかっちゃうじゃないですか」

井筒先輩の正面に座った私は、そう答えながらサラダプレートについてきていたロールパンをちぎって口に運ぶ。食べながら、テーブルに置いたスマートフォンにちらちらと視線を向け、時刻を確認していた。

連絡しろとは言われたけれど、先にご飯くらい食べてもいいよね。

という考えのもとに、引き延ばし作戦に出ている。ランチを食べるのに時間がかかって連絡できませんでした、でもいいんじゃないだろうか。

そもそも、私には彼に連絡する必要などまったくないのだ。できることなら、関わることなく逃げてしまいたい……

と考えて、逃げきれなかった時のことを想像してぞっとした。何をされるとか具体的には浮かばないが、なんかぞっとした。

名刺は、念のためスマホケースのポケットに入れてある。ランチが終わったら井筒先輩から離れて、どこかで連絡しようと、思ってはいた。

考えただけで胃がしくしくと痛んできて、食欲がなくなる。それでもなんとかサラダプレートを食べ終えた。

カフェテリアを出ると、井筒先輩の足はいつものようにトイレへ向かう。後ろをついて歩きながら、私は中々決心がつかずにいた。

怖い。怖いけど、やっぱり放置はまずい気がするから連絡しよう。

スマートフォンを握りしめ、覚悟を決めて井筒先輩に声をかけようとした時だ。

「天沢さん！」

後ろから呼ばれて振り向いた。

少し離れた席でランチを食べていた安藤さんと田中さんが、私に手招きをしている。見ると、別の総務の社員も一緒にいた。私たちより遅れてお昼に出てきたのだろう。

「天沢さん、主任が呼んでるって！」

「えっ？　なんでしょう」

「なんか、天沢さんご指名で総務に来てる人がいるって。お昼食べ終わったら早めに戻って来てほしいみたいよ」

えっ、なんだろう。誰？

咄嗟《とっさ》に黒木さんかと思ってぎくりとしたが、それならはっきりと『黒木さんが呼んでる』と言うはずだ。

手の中のスマートフォンを見て、一瞬だけ迷う。

だが、優先順位は仕事のほうが上だ。急いで仕事を片付けて、それから連絡を入ればいい。

「わかりました、すぐ行きます！　井筒先輩、先に戻りますね」

後ろにいるだろうと思っていた井筒先輩は、既にいなかった。先にトイレに入っているようだ。私が来なくても多分気にしないだろうということにして、総務課に急いだ。

社員が個人的に総務に用がある場合、昼休みや休憩時間を利用して来ることが多い。だから昼休憩の時間とはいえ、必ず誰かが対応できるように時間差で休憩に入るのだが……

総務に残っていた主任は、福利厚生に関することに明るくなかった。主任なのに。

そしてなぜ私が呼ばれたかというと、福利厚生について聞きに来た社員の相談に、以前私が乗ったというただそれだけだった。

「わあ、それはダブルでおめでとうございます」

前回は家を建てる際に受けられる制度について質問に来られて、必要な書類と申請時期などを説明した。今回は奥様のおめでたが判明したらしい。

「ありがとうございます。いや、別にそこまで急がないことはわかってるんだけど、気が急《せ》いちゃって」

「あ、最初のお子様でしたか？」

「そうなんです」

「それは、気が急《せ》いて当然です。楽しみですねえ。奥様は別の会社にお勤めでしたよね」

お祝いの言葉を贈りながら、質問を挟んで必要なことを尋ね、引き出しから数種類の書類を取り出した。それを、彼の前に並べてシャープペンシルで記入箇所に丸をつけていく。

「出産、育児に関わる制度で申請できるのが、これとこれになります。ですが、お仕事の兼ね合いもありますし、周囲とよく相談してみてください。お越しの際には、書類のこの丸の部分に記入して一緒にお持ちくださいね。奥様、つわりは大丈夫です？」

「いや、それがもう既に辛そうで……」

「働きながらだと大変ですよね。労《いた》わって差し上げてくださいね」

三十代半ば、家を建てて、赤ちゃんもできて、順風満帆《じゅんぷうまんぱん》だなあ。

ほくほくと緩んだ顔で、私に丁寧な会釈《えしゃく》をして仕事に戻っていく社員の背中を見送って、なんだかほっこりした気持ちになる。

「いいなぁ。三十代で家のローンかー……都心部だと無理だなー」

まあ、結婚もせずに家を買うことはないか……ひとりで住宅ローンを抱えるのはきついしね。でも、家建てるのは夢だなあ。

余った書類をもとの場所に戻して、自分のデスクにつく。ちょうどそこで、昼休憩の時間が終わった。

午後からの仕事にすぐに頭が切り替わる。

そう、私はあんなに怯《おび》えていたくせに、すぽーんと忘れてしまっていたのだ。黒木さんに連絡を入れることを。


終業時刻直前、「よし」とひとりごとを呟いてパソコンの電源を落とす。

「あ、天沢さんっ！」

上ずった声で私を呼んだのは、昼間と同じ安藤さんだった。もう終業時刻なのに、またややこしい申請を持ってきた社員でもいるのだろうか。

先輩なのだし、対応した人が請け負ってほしいのだけど。

「はい、なんで……」

決して見てはいけないものを、見てしまった。

総務の入り口、社員の対応をするためのカウンターに、黒木さんが立っていた。安藤さんが驚いた顔で私を手招きししつつ、黒木さんを手で示す。

彼が私を呼んでいる、というジェスチャーだろう。

私はといえば、黒木さんの姿を見た途端スマホケースのポケットに差し込んだ名刺の存在を思い出して、急速に血の気が引いた。

しまった……なんで忘れてたの私……！

昼にやって来た幸せそうな社員にほっこりしてしまったのがいけなかった。しかも、午後の仕事は急ぎや即日対応のものが多くて、手一杯だったのだ。

呆然としながら彼の顔に焦点を合わせてしまう。やばいと思った時には、ばちっと視線が絡んでしまった。

瞬間、椅子を倒す勢いで、その場に直立した。

「も、申し訳ありません……！」

周囲の目が「天沢さん、何をやったの」と言っている。そんな中、井筒先輩だけが、期待に満ちた目をしていた。

——申し訳ありません、連絡を失念しておりました。

——昼は急遽仕事の対応に追われまして。

言い訳の言葉がずらずら頭に並ぶけれど、それを口にしたら今この場にいる人たちに、なぜ黒木さんに連絡を取る必要があったのかという疑問を生んでしまう。

何か仕事の話のフリをしてこの場を離れるしかない。

がしっとオフィス用のバッグを掴み、もう一度勢いよく頭を下げようとした。しかしそれより先に、黒木さんが口を開く。

「仕事は終わったか?」

「ひっ、はい、今終わったところで」

いちいち悲鳴のような声が出てしまうのはもう条件反射と思ってほしい。

「そうか、じゃあ食事に行こう」

「は……」

はい、と言う前に絶句した。

え、いや、なぜ?

そしてなぜそれを今ここで言う。

黒木さんが視線を伏せ、左手に嵌《は》めた腕時計に目をやった。この場にいる彼以外の全員が固まる中、再びその目が私を捉《とら》える。

「予約してある。行くぞ」

「え、あ、でも、聞いてな」

「昼に言おうとした。連絡してこなかったのは君だ」

総務内にざわめきが広がる。

だから、どうしてそういうことをここで言うの⁉

このまま彼と話していると、明らかに周囲に誤解を生む会話になりそうだ。何より、昨日のことを持ち出されでもしたらたまったものではない。

これ以上、ここで彼に喋《しゃべ》らせてはいけない。

私は慌てて総務全体に向け、勢いよく頭を下げる。

「すみません、お先に失礼しますっ！」

そうして、私は逃げるように総務課を後にした。


「な、何を考えてらっしゃるんですか！」

通路を歩きながらエレベーターのほうへ向かう。黒木さんが少し先を歩き、私は斜め後ろを早足で追いかける。途中ちらちら社員の視線を感じるが、さっきのように総務の入り口でみんなの視線を集めて話すよりはずっとましだ。

「昼に君が連絡をくれないからだろう」

「くれ……」

あれ、なんか、今ちょっと。

「寄越さない」とかじゃなくて「くれない」という言葉のチョイスが、一瞬、可愛らしく思えたのはなんだろう。

……たったそれだけのことが？　ギャップ萌えかしら。

なんとも言えない心のざわつきを、頭をふるんと振って追い払う。

「と、とにかく、食事なんて、急に言われても困ります」

というか、ふたりきりでなんの話をするのかって、間違いなく昨夜のことでしょうよ。

絶対、嫌だ。むしろ、全部忘れるので許してほしい。

私の断りの言葉に、彼は無反応だ。相変わらずスタスタと先を歩いていく。

なぜかエレベーターの前を通り過ぎ、おかしいと気づいた時には、ホールの奥まった場所にある通路の入り口にいた。ここは、非常口にしか繋がっていないから、滅多に人が来ない。

エレベーターホールの人のざわめきが遠くに聞こえる。

不意に、とん、と肩を押された。

何をするのだと黒木さんを見上げたら、いつの間にかすぐ目の前に彼が立っている。

そして黒木さんの左手が、静かに私の後ろの壁に置かれた。

「……あれ？」

気がついたら壁ドン。距離が近すぎて、真上からため息が落ちてくる。

「聞かれたくない話だろうから、誘ってやったのに。別に俺は、そこらの通路で立ち話で済ませてもかまわないが」

「え」

「たとえば昨夜の」

――昨夜の。

そのワードだけでよみがえる、バーで顔を合わせてからホテルの部屋に入るまでのアレコレ。しかも、部屋に入ってから先はやけに鮮明に。

「なっ、あっ、」

話とは、昨日のことだとわかっていたはずだ。だって私と黒木さんに他の接点はない。わかっていたのに、改めて突きつけられると平静ではいられなかった。

ボンッと音がしそうなほどに顔の温度が上がる。耳まで熱い。

一気に赤くなった顔がよほどおかしかったか驚いたのか、黒木さんの切れ長の目が、軽く見開かれる。それから、至極ゆっくりゆっくり、口角を上げた。

笑った。それも、明らかな冷笑だ。

更にその唇は、とんでもないことを言う。

「随分、初心《ウブ》だな。既成事実を作ろうとしたくせに」

「ち、違います、あれは！」

「可愛らしい反応だった。色気がないわりに」

かっ……、いっ……！

可愛いって。色気がないって。

上げて落とすテンポが速すぎる。

何かを言わなければと唇を数度動かしたけれど、言葉が出ない。壁と悪魔に挟まれて、緊張による酸欠で眩暈《めまい》がした。

くら、と頭が揺れる。至近距離で交わる視線が、またしても急速に昨晩の私たちを思い出させた。

「昨日のことは……忘れてください……」

好きでもない人と、あんなことをするなんて。情けないし後悔しかない。しかもなんだか、取り返しのつかない状況に追い込まれてしまいそうだ。

「……忘れろ、と言われてもな」

彼がそう言って、少しだけ身体を離した。ようやく酸素が吸えた気がする。

黒木さんの顔が私から逸れて瞳が横へ動いた。何かと思えば、彼はスーツの内側に手を入れる。その仕草が随分意味ありげだった。

スーツから出てきたものがスマートフォンだと気づいた時、私は彼の言いたいことを理解する。

ぱっとそのスマートフォンに手を伸ばした。

「け、消してください！」

一体、いつの間に撮られたの？

昨日は、わけがわからなくなって気を失うように眠ってしまった。目が覚めるまでの間に何があったか、私にはまったくわからない。

スマートフォンを頭上に掲《かか》げられてしまっては、手も足も出ない。当たり前だ、多分ふたりの身長差は二十センチ以上ある。腕の長さを加えたらもっとあるだろう。

卑怯《ひきょう》だ。いくらなんでも卑怯《ひきょう》すぎる。

キッと強く睨《にら》みつければ、彼は面白そうに笑った。しかしすぐに、その笑みを消す。

「黙って話を聞くか？」

この言葉に、頷く以外の何ができるというのか。呆然としながら、私はスマートフォンを取ろうとしていた両手を下ろす。

生まれてこの方、宗教なんてものに興味はなく、神様を意識したこともなかった。けれど、今初めて、真剣に神様に訴えたいことがある。


神様、助けて。ここに悪魔がいます……！

◇◆◇

更衣室に行き、秒で私服に着替えた。総務課の社員は制服が貸与されているが、通勤にラフすぎる服装は許されていない。今日はパンプスとネイビーのパンツに、綺麗めのブラウスを合わせた。予約した店がどんなところか気になるのだが、一応今日の服装なら問題はないと思う。

黒木さんは一階ロビーで待っていた。一瞬だけ逃げることを考えたが、お先真っ暗というワードしか浮かばなかったので、おとなしく従うことにする。

食事と言われて……それをそのまま信じた私がアホなのか。

タクシーで昨夜のホテルに連れてこられた時には驚いたけど、まさか嘘をついてまで私をどうにかするほど、黒木さんが女性に困っているはずがないと思ったのだ。

だがしかし、私は今、客室にいる。入ってすぐのところで立ち尽くし、それ以上は進めずにいた。

客室といっても、昨日と同じではなく多分ランクが高いのだろう。さっと見渡せるところにベッドはない。多分、奥に別に部屋がある。

「いつまでそこに突っ立っている気だ。変に意識されても困る」

「い、意識なんてしてません。だけど、食事とおっしゃったじゃないですか」

「すぐにルームサービスで運ばれてくる。このホテルは高輪グループと懇意で、重要な取引や会合の際に使っている場所だ。ここなら、人に聞かれてまずい話もできる」

なるほど、だから昨夜も、すぐに客室に向かえたのか。

聞いていないのに説明してくれたのは、私があまりに怯《おび》えているからだろう。

……ちょっと親切？　いや違うな、ない。脅《おど》されてここにいる時点で親切であるわけがないから。しっかりしろ自分。

私は口を引き結んで、彼の動向をじっと見た。

ビジネスバッグをソファに放った彼は、スーツの上着を脱ぐ気配はないしネクタイを緩めることもない。

「まあ、そんなに警戒するなら、向こうには近づくな」

「向こう？」

黒木さんの手が、部屋の奥まったほうを顎《あご》でしゃくった。

「寝室だ」

絶対近寄らないことにする。

そろりと一歩、ドアから離れて部屋全体を見渡した。最高級ホテルの上層階、このフロアに他に部屋があるのかどうかはわからないが、見たところドアはひとつしかなかった。

広々としたリビングと、夜景が綺麗に見えるだろう大きな窓。今はカーテンが引かれていて、少し残念に思う。

窓の近くに、ふたり掛けのテーブルセットが置かれていた。

「観察は済んだか？」

声をかけられて黒木さんに視線を戻せば、唇の端を片方だけ上げて笑っている。どうしてそんな嫌な笑い方をするんだろう。しかし、それがよく似合っていた。

その時、部屋のインターフォンが鳴り、彼がずかずかとドア、つまり私のほうに近づいてきたので、慌てて横に避け道を空《あ》ける。

黒木さんがドアを開け、男性のホテルスタッフがワゴンに載せて料理を運んできた。

……う、わ。

スープにサラダ、肉料理と魚料理がそれぞれふたり分、ふたり掛けのテーブルに所狭しと並び、中央にはかごに入ったパンが置かれた。

ルームサービスとはいえ、レストランの料理と変わらない豪華さだ。見た目も色鮮やかで、食欲をそそるいいにおいが漂《ただよ》ってくる。

すごく、美味《おい》しそう……。思わず目が釘付けになった。

そりゃ、私だってコース料理くらい食べたことはあるけれど、これは絶対、今まで食べたものとランクが違う気がする。

料理にすっかり目を奪われていた私は、「失礼します」という男性スタッフの声で我に返った。テーブルのセットを終え客室を出ていくスタッフに、私は慌ててお礼を言い会釈《えしゃく》をした。

スタッフが退室してすぐ、今度は「くっくっ」と喉を鳴らすような笑い声が聞こえてきて振り向く。

「な、なんですか」

「いや。とりあえず食おう。腹が減った」

そう言って、彼は椅子に座った。

この人、いつもこんな豪華な料理を食べているんだろうか。

そんなことを考えつつ、私はおずおずと向かいの椅子に腰を下ろす。水の入ったグラスが置かれているだけで、アルコールはなかった。

この分不相応な食事の代償に、私は一体どんな話を聞かされるのかと思うと、気が重くなった。

3　天使とは都合よく捏造《ねつぞう》された生贄《いけにえ》のことを言うらしい

母方の従弟《いとこ》である高輪征一郎《せいいちろう》は、この高輪家でよくぞここまで純粋培養できたな、と呆れるほどの好青年である。

優秀だし、決して頭は悪くない。だがいかんせん、人がよすぎる。そして、生まれた時から将来を約束された立場だったせいか、楽観的なところがある。つまり、教育に関しては厳しく育てられたが、大事に守られすぎて人を疑うことがない。

交友関係も広いしコミュニケーション能力が高い。しかし、女好きの上人を疑わないため、簡単にハニートラップに引っかかる。

そんな高輪グループの後継者に余計な傷が付かないよう、俺にお目付け役という面倒な役職が回ってきた。

まったく腹が立つほど光栄だ。こうなったら、一日も早く傷ひとつない完璧な高輪家当主として自立させ、俺の実績にするしかない。

そう決意したのが、今から五年前だった。

……五年も子守りをさせられているのか。

「貴兄《たかにい》、俺の秘書でいるのが嫌なら、副社長とかさ……それも嫌なら重役ポストを用意するからさ。親父も絶対、そうするつもりだと思うけど」

執務室の椅子で征一郎が言う。大きく伸びをしながらさりげなさを装《よそお》ったつもりのようだが、俺の反応を窺っているのは丸わかりだ。

仕事用の十インチタブレットを指で操作しながら、ちらりと征一郎に視線を向ける。スケジュールの調整を終えてタブレットを机に置くと、眼鏡を外して眉間の少し下を指で揉んだ。

「冗談じゃない。何年世話を焼かせる気だ。一生か？　お断りだ」

こうして面倒を見てやっているのも、祖父と叔父から散々頼み込まれて仕方なくだ。その後は自由にさせてやると言質《げんち》は取ってある。

「大体、お前、恥ずかしくないのか」

「何が？　俺、昔から貴兄尊敬してるし」

「それなら、尊敬している従兄《いとこ》をそろそろ解放してくれ」

「えー」

「もうすぐ三十になる男が甘えた声を出すな」

「もうすぐじゃないよ、まだ二十八だし。まだまだひよっこだよー」

やかましい。俺がお前の面倒を見させられることになったのはそれより若い。年は四つしか変わらないのに、どうにも征一郎は子供っぽさが抜けない。普通の社会人ならある程度は許されるのだろうが……

彼は高輪グループのトップになる人間なのだから、それを許してくれない連中が多いのだ。

高輪グループは、今から十年ほど前に一度業績不振に陥《おちい》り、上層部が分裂しかけた。その時の名残《なごり》か未だに上層部には不穏な空気が漂《ただよ》い、隙あらば征一郎の足を掬《すく》おうとする者がいる。その勢力は、常務である征一郎の弟を後継者に担ぎ上げようとした。数年前、不祥事が出た際にこれ幸いとそいつらを一掃したものの、まだ完全ではなく気が抜けない。

当の兄弟は、それほど仲は悪くない。それが救いではあるのだが、再び弟が利用されるとも限らない。気がついたら旗印にされていたなんてことになっては遅いのだ。

最近は、征一郎も多少はしっかりしてきたように思う。俺の前では未だに軽率さを感じる言動を見せるが、わざとやっているところも多分にある気がした。

「ひよっこなのは十分わかっているが、外に出たらちゃんと気を引き締めろ。今夜の会食はお前ひとりだからな」

「心配なら一緒に来る?」

「行かない。いつものバーで待ってる」

会食の首尾は確認しておかねばならないからな。


別行動をした後の待ち合わせは、大抵ホテル東都グランデにあるバーだ。高輪グループが懇意にしているホテルで、急遽客室が必要になっても即座に対応してくれる。

今夜征一郎が会う相手は、少々厄介だ。敵対しているわけではないが、味方というわけでもない、グループ会社のひとつで理事を務めている古狸《ふるだぬき》だ。しかしそろそろ、この程度の相手は征一郎ひとりでこなしてもらわなければならない。

会社を出て俺は俺で別の仕事を済ませた後、軽く食事をしてホテル東都グランデに向かう。いつものように、バーのカウンターに落ち着いた時だった。

近づいてくる女に気づいて、視線を隣に向ける。女の顔を見てすぐに記憶の中から相手の情報を引き出す。総務の、少々厄介な人物だった。

まあ、飲むわけないな。

カウンターに残してあった自分のグラスを見る。隣に座っていた井筒美晴は既に消えていた。

「何かございましたか」

中身が入ったままのグラスを見て、バーテンダーが眉を下げた。

「いや。気にしないでくれ。少し目を離していたから念のためだ」

実際は、敢えて席を外しカウンター席が見える場所で電話をしていたのだが、案の定、怪しい手の動きが見えた。

「もしかしてさっきの女性ですか？　他にも席は空《あ》いているのにすぐ隣に座られたので、お知り合いだと思ったのですが……」

詳しく言わずとも察してくれる人間は、会話に面倒がなくていい。

「ああ、誰かはわかっている」

総務の井筒美晴は、問題児だ。といっても本人は頭のネジが足りないワガママ娘で、総務で煙たがられているだけの存在だ。しかし、その父親は少々問題だった。

格下のグループ会社の社長なのだが、ウチの人事部長と懇意にしているらしい。そして、その人事部長と征一郎は折り合いが悪かった。

井筒美晴は、父親に言われてここに来たのか、それとも自発的な行動なのか。偶然居合わせたという考えは選択肢にない。

父親の考えはともかく、恐らく井筒美晴は征一郎が目当てだろう。すぐにバーを出たところを見ると、ここで俺を足止めしている間に征一郎と接触するつもりかもしれない。その可能性を踏まえて、さっきの電話で征一郎には予定変更を伝えておいた。

それにしても、グラスに何か入れたとしたらなんだ？　睡眠薬か？　邪魔をされないように？

女は金と男に目がくらむと、突拍子《とっぴょうし》もないことをするからな。

そんなことを考えていたら、続いて店に入ってきた人物も総務の女性社員だった。彼女は井筒美晴の後輩だ。目が合っただけで顔を強張《こわば》らせ、緊張がそのまま顔に出ている。

なるほど、彼女が引き留め役で呼ばれたというところだろう。何を言われて呼び出されたのか知らないが、あまり小細工が得意な人間ではないらしい。顔色は悪いし、よく見れば手も小刻みに震えている。

「おひとりですか」

こちらから声をかければ驚いたように目を見開く。感情次第でころころ表情を変える素直なところは、若干、誰かさんを彷彿《ほうふつ》とさせた。

「失礼、待ち合わせでしたか」

「あ、いえ！　……ひとりです」

「連れが来るまでしばらくかかりそうで。もしよければ、それまで付き合っていただけませんか」

最大限に穏やかに柔らかい声と仕草で隣のスツールを勧めると、少し緊張を解いて隣に座った。

――天使というよりウサギだな。

今から一年以上前、彼女――天沢佳純を「天使」と揶揄《やゆ》していた声を思い出す。資料室の前を通りかかった時に室内から聞こえてきた、品のない噂話だった。

『井筒さんの尻拭いばっかり、よくやってられるよねー。天沢さん可哀想』

下品な笑い声と共に吐かれた言葉に、欠片《かけら》も同情は窺えない。ドアの近くに凭《もた》れてそのまましばらく会話を聞く。

さすがに声だけで特定するのは難しいが総務の女性社員で間違いないだろう。

『可哀想って。天沢さんが入ってきた時、最初あんたが教育担当だったじゃない。それを上司に頼んで井筒さんに変更してもらったんでしょ？』

『だって井筒さん……邪魔なんだもん。彼女に仕事頼む人いないから全部こっち回ってくるし、新人の教育くらいしてほしいじゃない』

『いつの間にか天沢さんが井筒さんの仕事をサポートしてるんだから笑える。天沢さん優しすぎない？　マジ天使なんだけど』

一際大きく響いた笑い声は、聞くに堪《た》えない耳障りなものだった。

どこにでも損な役回りをする人間はいるものだが……『天使』と書いてイケニエと読むんだったか？　人がよすぎるのも考えものだ。

過去を思い出しながら、隣に座る天沢の横顔を観察する。

妙に嗜虐心《しぎゃくしん》をそそるウサギだ。まずは、捕まえて、じっくり話を伺おう。


「あ……の……」

ベッドに仰向けに押し倒された天沢は、状況を図りかねたのかそれともわかりたくないのか、呆然とした表情を浮かべていた。

眼鏡を外し、ベッドサイドのテーブルの上に置く。そして再び彼女に覆《おお》い被さり真上から見下ろすと、その表情はみるみるうちに強張《こわば》って青ざめた。

「さて……総務の天沢佳純だったか」

別に、本気でどうこうしようと思っているわけではなかった。ただ、少しばかり脅《おど》かして井筒の名前と目的を吐かせるつもりだった。

「どういうつもりで俺に近づいた？」

「ひっ」

小さな悲鳴が上がったかと思えば、見開かれた目の中で瞳が忙《せわ》しなく揺れる。笑ってしまいそうになった。井筒に言われて仕方なくとはいえ、人を陥《おとしい》れようとするからにはもう少し表情を取り繕《つくろ》わないとダメだろう。

この調子なら、話すのにそう時間はかからない。普段から井筒に悩まされているのなら、庇《かば》ったりせずにすべて吐くだろうと思っていた。

もったいぶった仕草でわざとらしくネクタイを軽く緩め、圧力をかけていく。目を白黒させながら、動揺も怯《おび》えも全部顔に出ているから丸わかりだ。もしかしたら、泣き出すかもしれないなと思った。

しかし天沢は、あわあわと焦ったり、怯《おび》えた様子を見せたりした後、意外にもはっきりとした声で言った。

「まさか私のことを知ってるとは思わなかったし、顔見知りでもない一社員に名乗られても困ると思ったからです！」

震えながら目は真っ直ぐにこちらを睨《にら》んでいた。意外に頑張るなと面白く感じたと同時に、腹の奥でじわりと滲《にじ》んだ衝動があった。

「ふぅん」

ひやりと背筋を撫でられたようなその感覚を隠して、顔に無表情を張り付ける。

「まあ……そっちがそう言うなら」

逃れられると思ったのだろうか、彼女は俺とは反対にほっと表情を緩ませた。

「こっちは勝手にやらせてもらおう」

「え？」

自分が今からどんな目に遭うのか、理解が追い付いていないらしい。知ったその時、彼女はどんな表情をするだろうか。

……なんだ？　うずうずするな。

疑問が頭を掠める。だがそれはすぐにかき消して、目の前の女を暴くことに集中した。

自分で言うのもなんだが、女には事欠かない。今の立場になってからは、女性関係に慎重になったが、後腐れのない相手ならいくらでもいた。

だから、欲求不満というわけではない。なのにいつの間にか、言葉を吐かせることよりも女の素直な反応を引き出すことを愉《たの》しんでいた。

飾り気のないシンプルなブラウスを乱して、襟《えり》から胸元へ手を差し込むと手のひらに子供のような高い体温と柔らかな肌の感触が伝わる。

指先に力を込めれば、それだけで素直に震える肢体。

目を潤《うる》ませて、怯《おび》えているくせに逆上《のぼ》せた顔で戸惑いの声を上げる。聞き出さなければいけないことがあるのを理由に、少しの罪悪感もなく相手の抵抗を抑え込む。そうしながら、尋問するよりどう触れるかに楽しみを見出していた。

「なんでこんなことっ」

「なんで？　変なことを聞くな。そっちの思惑に乗ってやっているつもりだが。そのつもりで部屋までついてきたんだろう」

「ち、違いま、あ、や、……！　やめてやめて」

乱れた胸元から零れた膨らみを見た途端、彼女の顔は泣きそうに歪《ゆが》んだ。

「み、見ないでくださいっ……」

震え上がる声を聞いて、込み上げてくる劣情がある。胸を隠そうとする手を捕まえてシーツに押さえ付け、もう片方の手を振り払いつつ柔らかな膨らみを手のひらで包み込む。まだ触れてもいないのにつんと上向いた尖りを避けて、ゆっくりと揉み込むと羞恥《しゅうち》に塗《まみ》れた声が小さく聞こえた。

唇が震えている。伏し目がちの瞼《まぶた》の縁で、濃くはないが長めのまつ毛が揺れている。頼りなさそうに眉尻を下げた様子に、先ほど自分に言い返してきた時の強気さはない。

目が徐々に上向き、視線が絡む。はっとしたように見開かれた次の瞬間、彼女の肌が朱に染まった。

顔だけではなく、首筋や胸元まで赤く染めている。

「……まるで林檎《りんご》だな」

脅《おど》して口を割らせるのが目的だったのに、あまりにも素直な反応にふっと気が抜けて口元が緩んでしまった。

じっくりと首筋から耳まで舐《な》め上げ、女の身体の弱いところを攻め立てる。特に耳は面白いように身をくねらせて甘い声を零すから執拗《しつよう》に攻めた。

こういうのは、飴と鞭《むち》だ。動けないようにしっかりと頭を抱え込みながら、手で髪を梳《す》いてやれば、甘やかな吐息を漏らして身を震わせた。

素直に跳ねる肢体、体温が上がって肌が香り立つ。そのくせ急に我に返ったように、今更な抵抗をしてくる。

それが存外、可愛らしい。

「本社の社員の顔と名前と部署くらい全員頭に入ってる」

「う、うそぉ……何人いると思って……あんっ……！」

結構、余裕があるじゃないか。

ならばと、これまで触れずにいた胸の頂《いただき》を指で摘まむ。あられもない声を上げ、また瞳が熱に潤《うる》んだ。しこった胸の先の弾力を愉《たの》しみながら、内腿を撫でていたほうの手を更に奥へと進ませる。

嬌声《きょうせい》が絶えず零れ始めて、その声に煽《あお》られるようにショーツの中へ指先を潜《もぐ》り込ませた。


ここまでするつもりはなかったのに。

——だ、だめ、もうっ……やめて。

すっかり逆上《のぼ》せた顔で、尚も抵抗を試みこちらを睨《にら》む目になぜだか高揚する。

「やめてほしい？」

言いながら、秘所に潜《もぐ》り込んだ指を曲げて小さく刺激すれば、声を噛み殺しながらも反応する。

「……やめてほしそうには見えないけどな」

——やめ、くださいっ。ほんとに、そんなつもりで、ついてきたわけじゃなくて、具合が悪そうだったからでっ……

必死に言い募《つの》る彼女を見下ろしながら、自分の中で首をもたげた感情の名をようやく悟った。

……そんな趣味は、なかったんだがな。

「そうか、でも、まあ……遊んでいけ」

彼女の脚の間から挑発するようにそう言って、白い膝に手を置いて頭を凭《もた》れかける。

愕然《がくぜん》とした表情を見つめて、次の彼女の反応を待った。

天沢の目に、明確な反発心が浮かぶ。直後、自分に向かって蹴り上げられた脚を避けて押さえ付けた。

悪魔だとか冷酷眼鏡だとかこれまで色々言われてきたが、それは仕事上必要に駆られたからで、決して自分の欲望に沿ったものではなかった。

――しかし、自分の中にある感情……これは、加虐心だった。


力づくで感じさせながら、指先で甘やかした。本気でやめてほしければバーに来た理由をちゃんと言えと諭しても、結局天沢は最後まで井筒の名前すら言わなかった。ひくんひくんと痙攣《けいれん》する天沢の身体を見下ろしながら、ゆっくりと秘所から指を引き抜く。

ひくん、とまたひとつ細い身体が揺れた。

焦点の合わない瞳は、ゆっくり瞼《まぶた》が閉じて隠される。意識を飛ばしてしまった天沢の顔は、汗と涙に濡れ、快感の余韻でまだ頬が上気していた。

「……天沢、佳純」

思っていたより強情で、つい力が入ってしまった。さっさと白状すれば逃がしてやったのに。

――本当に？

目尻からほろりと一粒涙が零れて、こめかみへと流れていく。それを指で拭って、顔を近づけ半開きの濡れた唇に自らの唇を寄せようとして——我に返った。

……俺は一体、何をしようとしているんだか。

らしくない自分にため息を吐く。乱れたシーツを無理やり引き上げ彼女の身体を隠すと、視界の外へと追いやった。

シャワーを浴びて頭を冷やして出てきても、天沢はまだそこにいた。もしも寝たフリをしていたならとっくに逃げているだろうと思ったが、どうやら本気で眠っているようだ。

「……いい度胸をしてるな」

ぱか、と唇を半開きにした寝顔を見ていると、呆れのような感情が滲《にじ》み出てきた。怯《おび》えているくせに律儀に部屋までついて来て、散々俺にいいようにされながら、こうして無防備な寝顔を晒《さら》している。

……いや、極度の緊張の中でイッたせいか？　だとしたら俺のせいだな。

シーツを捲《めく》って、乱れた服を簡単に整え再びシーツを被せた。

征一郎に連絡を取らなければいけないが……このままここで話しても問題はないか？　しばらく寝顔を見ていたが、狸寝入《たぬきねい》りの様子はない。しかし、話を聞かれる可能性にはどうしても敏感になってしまう。話し声で目を覚ます可能性もあった。

一度外に出て、征一郎と電話してから戻れば、さすがに起きるだろうか。

井筒が何か企《たくら》んでいるのは間違いない。あの女だけならまだいいのだが、問題は父親がなんらかの目的で娘に指示をしている可能性があるということだ。それを聞き出せなかった上に、この状況だ。一応、鎖《くさり》は繋いでおくべきだろう。

俺は自分の名刺入れから一枚名刺を取り出すと、裏に携帯番号を書いて天沢のバッグの中にストンと落とした。

スマートフォンを手に部屋を出て征一郎に電話をかけると、すぐに繋がった。ホテルには来なかったので、途中で井筒美晴に捕まることもなかったようだ。

『貴兄は心配しすぎだよ、俺だってもうそんなに馬鹿じゃないからね？』

そう電話の向こうで言っていたが、信用ならない。なんだかんだと征一郎は女に甘いのだ。

今日の会食の首尾を確認してから部屋に戻れば、天沢は部屋から姿を消していた。

もちろん、明日にはきっちり捕まえに行くが。

……朝一番に声をかけたら、また目を白黒させて慌てふためくだろうか。それとも固まるか。

あの、感情のままにくるくる変わる表情を思い出し、口元が綻《ほころ》ぶのを止めることができなかった。

◇◆◇

翌日、予定通りに彼女を捕まえた。食事に行くと言いながら、わざわざホテルの部屋を取ったのは、人に聞かれてはまずい話ということもあるが、狼狽《うろた》える彼女を見て楽しんでいたからのような気もする。

それにしても、彼女は本当に、騙《だま》されやすい。いいのか、こんなに素直で。

昨夜のことを、写真や動画なんかに残しておくわけがないだろう。さすがにそんな趣味はない。

それに、思わせぶりな仕草はしたが、俺はひとこともそんなことは言っていないのだ。

「ご……ご馳走さまでした……」

テーブルを挟んで座る天沢の声には、戸惑いと怯《おび》えが滲《にじ》んでいる。部屋に入った時も警戒している様子だったが、その割に出された料理は綺麗に平らげていた。

人の飲み物に何か混ぜておいて、ついでに警戒もしているくせに、どうして食えるんだろうな。

こういうところが征一郎と同じ人種だなと思う。つまり、人がいい。

「口に合ったようで何よりだ」

下手《へた》をしたら声に出して笑ってしまいそうになるのを、どうにか口角を上げるだけに留める。水の入ったグラスに口をつけながら、じっとこちらを観察する彼女の視線を感じていた。

「あの……」

天沢がおずおずと口を開く。話があると連れ出しておきながら、こちらが一向に話を始めないのを訝《いぶか》しんだのかと思ったが。

「……今日はお身体の調子、大丈夫ですか」

「……ん？」

意味がわからず首を傾げる。天沢は俯《うつむ》き「ぐぅ」と唸《うな》って強く手を握り合わせた後、意を決した様子で顔を上げた。

「お腹が痛くなったり、気分が悪くなったり……は」

思わず、彼女を凝視してしまう。

あんな目に遭っておきながら、こちらの心配をしているらしい。その態度と言葉で、昨日何か盛ったと自ら白状していることには気がついていないようだ。

ふっと気が抜けたと同時に、つい悪戯心《いたずらごころ》が湧いてくる。

「なんともないが」

飲んでないしな。という事実は、もうしばらく黙っておこう。

「そ、それならよかったです……あっ、いえ、あの」

聞いてからまずいと思ったのか、それともわかっていても聞かずにはいられなかったのか。今更になって、なぜそんなことを聞いたのか、言い訳を考えているらしい。

そのことはまあ、後で虐《いじ》めさせていただくことにする。

「そういえば、話だが」

天沢を捕獲した目的について切り出すと、彼女の顔がわかりやすく緊張した。

「しばらくの間、付き合っているフリをしてもらいたい」

さてどんな顔をするだろうなとつい観察してしまう。彼女は緊張した表情のまま、瞬《まばた》きを数回。それから、きゅっと眉根を寄せた。

「……えっと。誰とですか」

「俺とに決まってるだろう」

「いえ、決まってませんよ！　話が見えません」

ぽんぽん言い返してくるところがいい。昨日もそうだった。俺を怖がっているのはひしひしと伝わってくるのに、その俺を前にして、案外肝が据わっている。

「決まっている。それに、明日には社内に俺たちの噂が広がり始めてるんじゃないか？」

テーブルに頬杖をつき、微笑んでそう言うと彼女の表情が愕然《がくぜん》としたものに変わった。

「あ……！　総務にわざわざ迎えに来たのって……！」

「俺が社内で個人的に関わった女性社員はいないからな。あれだけで十分、人の噂になる」

彼女の顔からさーっと血の気が引いて、しばらくすると今度は赤くなって涙目になった。本当に忙しい女だと見ていて飽きない。

「私がお昼に連絡してもしなくても、関係なかったってことじゃないですか！」

その通りだ。どっちにしろそうするつもりだった。

そして、彼女には拒否権がない。噂を肯定するしかない。……と、彼女はそう思っているはずだ。ありもしない画像に縛られて。

頭の整理がつくまで待とうと、しばらく天沢の様子を見ていた。彼女は忙《せわ》しなく瞳を動かし唇を噛んで黙り込んでいる。

それから、上目遣いにこちらを睨《にら》んで言った。

「恋人のフリをして、どうするんですか」

「天沢に新たに近づいてくる人間を覚えておいてほしい。それを週に一度、俺に報告してくれ」

「え……それだけ、ですか？」

「ああ、それだけだ。こちらから質問をするかもしれないが、わかる範囲で答えてくれたらいい。それだけで、美味《うま》い飯が食える」

天沢を通して井筒父娘の動向を窺い、同時に俺や征一郎の情報を探ろうとしてくる人間を炙《あぶ》り出せる。天沢が上手《うま》く目立てば、あるいはさくさくと仕事が捗《はかど》る、かもしれない。

彼女は、まだこちらを疑心暗鬼の目で見ている。それを真っ直ぐ見つめ返して、口元に笑みを浮かべた。

「……期間はいつまでですか？」

「そう長くはかからない……そうだな、半年くらいか」

俺がお役御免になるまで、多分半年もかからないが。今のところ、半年以内に征一郎の足元を固められるよう動いていた。

天沢が口元に拳《こぶし》を当てて、しばらく考え込む。それから、はっと何かに気づいて顔を上げた。

「……私と黒木さんなんて、誰も信じないと思いますけど」

「そうでもない。さっきも言ったが、俺が社内で個人的に関わった相手はいない……あ、でも、そうだな」

一度そこで言葉を切れば、天沢の表情に警戒の色が強く浮かんだ。

「周囲に大いに勘違いしてもらえるよう、接し方には気をつけることにしよう。まずは、昼食をできるだけ一緒に取るようにするか」

さて赤くなるか青くなるか、とつい観察してしまう。彼女は顔を真っ赤にして、すぐに悔しそうに俯《うつむ》いた。

青くなられるよりなぜか気分がよくて、つい悪戯心《いたずらごころ》が刺激される。

「できるだけ、昼食を一緒に……？」

「総務課まで迎えに行こうか？」

「おおお断りします……！　そ、それならどこか待ち合わせを……！」

今日のように総務課に来られてはたまらないと言いたいらしい。不特定多数に見られるカフェテリアで一緒に昼食を取れば、どちらにしろ同じことだろうに。

「ではその都度、時間と場所を合わせることにしようか」

天沢は口を引き結んで、どうしたものかと考え込んでいる。だが、この話はこれで終わりだ。もう決まったことだから。

水の入ったグラスを手に取り、ひとくち飲むと視線を天沢に戻す。

「そういえば結局、井筒は俺のグラスに何を入れたんだ？」

「あ、びや……」

会話の流れでさらりと問えば、同じようにさらりと答えかけた天沢が慌てて口を噤《つぐ》んだ。あっさり引っかかった彼女に、笑いを噛み殺す。

「……びや……媚薬《びやく》か」

言いかけた音から浮かんだのは「媚薬《びやく》」だ。敢えて言葉にすれば、天沢が観念して黙り込む。その様子からして当たりらしい。本当に嘘がつけない奴だと感心しつつも、呆れてしまった。

それにしても、あのお嬢さんは正真正銘の阿呆なのか。ついでに鬼か。媚薬《びやく》を盛った男に自分の後輩を差し出すなど。

井筒美晴と天沢の関係にも、少々手を打っておくべきか。そんなことを考えていると、目の前で天沢が打ちひしがれていた。

「やっぱり、おかしいって思ってたんじゃないですか……！　じゃあ……もしかして、飲んでない……？」

「どうだろうな。飲んでから気づいたのかもしれないぞ」

「え……」

「だからこそ、昨夜の状況になったのかもしれない」

正直なところ、彼女に協力してもらえるなら追い詰める必要はないし、むしろこれ以上怖がられたらやりにくくなる。

わかっているのに、彼女と話をしていると、なぜかぽろぽろと意地悪な考えが頭に浮かんでくるから不思議だ。

俺の言葉に『昨夜の状況』を思い出したのか、ぽかんと開いた口がじきにわなわなと震え始める。そして、今日一番に顔を真っ赤に染めて、潤《うる》んだ目で睨《にら》みつけてきた。

昨夜と同じ、林檎《りんご》のでき上がりだ。

くっ、と笑いが込み上げる。どうにも癖になりそうだと考えて、今更かと思い直した。自分の性格の悪さは、とっくの昔に自覚している。

決して彼女の影響などではない。そう頭の中で繰り返しながら、まるで何かに言い訳をしているような気分になった。

4　悪魔と人工甘味料

私の人生は、それなりに順風満帆《じゅんぷうまんぱん》のはずだった。

……って振り返ることが多くなったのはなぜなのか。それはもちろん、今私が荒れ狂う大海に放り出されたような気分だからに決まっている。

黒木さんに弱みを握られ、恋人のフリをすることが決まった翌日。私が出社すると、いきなり総務の面々に取り囲まれた。

『昨日のアレ、一体どういうこと⁉』

はい、もう私が聞きたいです。どうしてこうなった。

『く、黒木さん、怖くなかった？　大丈夫？』

そりゃあもう、魂《たましい》が抜けそうでしたとも。

『え、まさか、個人的に付き合いがあるとか？』

なぜか私にまでびくびくと怯《おび》えながら聞いてくる人もいた。黒木さんと私がただならぬ仲なら、今後の私への対応も考えなければいけないと考えたのかもしれない。

本当なら、ここで、私は言わなければいけなかった。

――実は、お付き合いをさせていただいていて……と。

昨日の夜から何度も何度も頭の中でイメージトレーニングしたし、聞かれたら言うつもりだった。だけど、いざとなると、どうしても出てこなかった。

上手《うま》く嘘をつく自信なんてもとよりない。何より、総務課のみんなに限っては、興味はあるのだろうが心配もされているのだろう。そう思うと、罪悪感が込み上げる。だから、私は――

『……ノ、ノーコメントで。ご想像にお任せします……！』

意味深なセリフだけで十分だろうと思った。

私と黒木さんなんて、普通に考えたらあり得ないカップルだ。けれど、こんな風に否定も肯定もしなければ、黒木さんの目論《もくろ》み通り、みんな勝手に想像してくれるはず。

だが実際は、それだけでは信憑性《しんぴょうせい》が微妙だった。もちろん『あの黒木が社内で恋人を作った』という噂は流れた。けれど同時に、新たな下僕説も流れていた。核心を突きすぎて驚いてしまった。

傍目《はため》に見て、私は恋人より下僕のほうがしっくりくるってことだろう。悪魔だなんて言われているけど、黒木さんは有能な社長秘書だし、ルックスも抜群だ。そんな人が、私のような平凡地味顔のキャリアでもない人間を選ぶとは誰も思わない。

ただひとり井筒先輩は違ったけれど。あの人は媚薬《びやく》の経緯を知っているという以上に、本当にお花畑な頭をしていた。

『なんだ上手《うま》くやったんじゃないの！』

と大喜びだった。私と黒木さんが付き合ったら、高輪社長とお近づきになる機会があると信じている。いや、作らせるつもりだ、私に。

そこで私は『付き合ってすぐに社長に会わせたい人がいるなんて言ったら怪しまれるから』ということにして、お茶を濁しておいた。

曖昧《あいまい》な対処だったかもしれないが、私なりに頑張った。頑張ったのに……私は今、上手《うま》く嘘をつけなかったお仕置きをされている。

「佳純」

いつも使う五階のカフェテリアでランチをしているのだが、隣に座った黒木さんととにかく距離が近い。

総務のみんなと交わした会話について早速報告したら、なぜか笑顔で椅子をこちらに寄せてきたのだ。

円形のテーブルなのになんでこの距離なの？　向かいに座ればいいじゃない。

明らかにおかしいふたりの距離に、周囲の目がこれでもかと集まる。私はあまりの恥ずかしさに、半分顔を背《そむ》けながら視線だけを彼に向けた。

頬杖をついて私を見る彼は、これまで見たこともないほど優しい微笑みを浮かべている。

「あの。向かいに座ったほうが……これだと食べにくくないですか？」

「昼の時間は混むからな。テーブルを占領するより詰めて座ったほうがいいだろう」

確かにそれはそうなんですが。この状況で相席を望む猛者《もさ》はいない気がします……！

「そんなことより、佳純は苺が好きだろう」

「えっそんな、いいですから黒木さんが食べてください」

「遠慮するな」

なぜか苺が好きってバレてるし。なぜ？　確かにランチプレートのデザートに苺がついてきて、ひそかに喜んでたけど！

彼は、フォークで刺した苺をコロンと私のデザートボウルに入れた。そのフォーク、さっきパスタ食べてたやつだ。

……って、だめ、そういうことを考えたら意識しすぎて、演技ができなくなる。

上手《うま》く恋人のフリができなかったら、今度は何をやらされるかわかったものではない。早く食べなければ……！

そうしたら、今日の分の苦行は終わる……！

心を無にしてスプーンでオムライスを掬《すく》っては食べ掬《すく》っては食べ、ろくに噛まずに呑み込んでいく。

これ、絶対、胃が悪くなる。胃薬ほしい、切実に。

立て続けに頬張ったら、さすがに喉につっかえた。「ぐっ……」と小さく呻《うめ》いて俯《うつむ》くと、目の前に水の入ったグラスが差し出される。

「急いで食うからだ」

グラスを受け取って半分ほど一気に飲むと、また周囲がどよめいていることに気がついた。なんだろう、と顔を上げればすぐ目の前に涼やかな切れ長の目があり、ぴきっと固まる。

彼は目を細め、口元には変わらず優しく笑みを浮かべている。うっかりその微笑みに見とれていると、口の端を何かで拭われた。

「子供か、お前は」

オムライスのケチャップがついていたらしい。私の口元を拭ったのが黒木さんの指だと気がついたのは、その指が彼の唇に寄せられてからだ。

私の口元を拭った親指を、彼は舐《な》めた。

……舐《な》めた。……舐《な》めた！

周囲が一層どよめく中、私は涙目だ。きっと顔は真っ赤になっているだろうと思うくらい、首やら耳やら目元やらが熱い。

「や、やめてください！　こんな、人がたくさんいるところで……！」

「別に大したことはしていないだろ。それより、ずっと口の端にケチャップをつけてるほうが恥ずかしい」

「だったら教えてくれたらいいじゃないですか……！」

こんな会話を繰り広げている間中、彼は至極ご機嫌で楽しげに笑っている。このテーブルの半径一メートル以内だけ、とんでもなく甘い空気が漂《ただよ》っていた。

黒木さんが、笑っている……あの悪魔が、冷笑や嘲笑でなく優しく微笑んでいる……そんな周囲の戸惑いの声が聞こえてきそうだ。

聞こえてきそうだが、違うから……！

この甘さは、演技だから。作り物だから……！　甘く感じるだけで、本当は糖質ゼロだから！

「恥ずかしいと思うならゆっくり食べろ」

恥ずかしいと思うから、急いで食べてここから出たいんです！

という叫びは心の中だけに留めておいた。とにかく不自然でなくかつ速やかにこの昼食を終わらせなければならない。

演技にしたって過剰だよ。これだけやればもう十分ですから、せめて普通に食べましょうよ。

そう祈りを込めて黒木さんを恨めしげに睨《にら》む。私の視線に気づいた彼は、顎《あご》に手をやり考えるような仕草を見せた。

「そんなに急がなければいけないほど、午後からの仕事が忙しいのか？」

「え、あ、そう。そうなんです！　もう仕事がたくさんあって、昼の時間も使わなければ追いつきそうになくて！」

まさか、黒木さんのほうから逃げ道を示してくれるとは思わなかった。だけど、これで急いで食事を終わらせる理由ができたと、何も考えずに話を合わせてしまった。

そう、つい、不用意に。

「……それは、大変だな」

眉間にくっきりと皺《しわ》を刻み、黒木さんが考え込む。

「大変なんです、総務って結構、仕事あるんですよ！」

だからちょっと急ぎますねと言おうとした。

「昼休憩も取れないほど余裕のない仕事をしているのは問題だ。どういう状況なのか、一度総務課の課長と話をしないといけないな」

その言葉を聞いて、ぎょっとした。いや、確かに問題児の井筒先輩のフォローばっかり押し付けられている状況には問題があるっちゃあるんだけど！　昼休憩はちゃんと取れてるし、いくらなんでも上司を巻き込むのは申し訳ない！

「ち、違います、大丈夫です！　私がどんくさいだけです」

「それぞれの力量に合わせて仕事は調整するべきだ。休憩も取れないのはおかしい」

「あっ、そういえば急ぎじゃないのもありました！　ちょっと気が急《せ》いていただけで！焦らなくても十分間に合うかなー！」

私のせいで大事《おおごと》になったら、上司に恨まれてしまう。慌てて言い訳を並べ立てる私に、彼は口元だけで笑ってみせた。

「ならいいが」

さらっと引いてくれて、ほっとした。だけど、急いで食べてここから脱出するのは不可能になってしまい、涙を呑んでオムライスを咀嚼《そしゃく》する。

……って、これ絶対わかっててやられたよね。絶対そうだよね。もうやだこの人。

そんな感じで、私と黒木さんの恋人偽装は始まった。

私が黒木さんから命じられていることはふたつだ。

ひとつは、可能な限りランチタイムを一緒に過ごし、黒木さんとの仲を周囲に誤解させること。

もうひとつは、毎週金曜の夜に黒木さんからの質問に答えることだ。

質問は主に、何か変わったことがあったかということと、総務での業務についてちらちら聞かれる。これになんの意味があるのかわからないが、聞いたら負けだと思っている。

これ以上深みに引きずり込まれるのはご免だ。私は平凡な一社員、ただただ平和に毎日の業務をこなしてお給料をもらえればそれでいい。

そう自分に言い聞かせ、あっという間に一か月が経過した。

最初の金曜日はまだ噂が浸透していないから無駄だという理由でスキップして、翌週の金曜からふたりきりの報告会が始まり今夜で三回目だ。

食事はすごくいいものを奢《おご》ってもらえる。これは対価だと思って遠慮なくご馳走になることにした。

だけど解《げ》せないのは、食事の後のことで。

「……あのう。いちいち、ホテルの部屋でなくてもいいのではないかと……」

「人の目を気にしてこそこそ話すより、このほうが気を遣わなくていい」

いや、私に気を遣ってほしい。という言葉をそっと呑み込む。いい加減色々呑み込みすぎて胃拡張になりそうだ。

おまけに部屋が、前のようなスイートではなく、ドンと部屋の真ん中にベッドが置かれたシングルなのだ。黒木さんはベッドに腰かけ、脚を組んでネクタイを緩める。すっかりくつろぎモードだ。

なのに、すこぶる不機嫌である。

さっきレストランで食事をしていた時までは、すごく優しそうに笑っていたのに、今は一転、陰影がはっきりわかるほど眉間に皺《しわ》が寄っていた。

……ひい。怖い。

恋人のフリをしている時との落差をもう少し縮めてもらわないと、私の心臓が過労死してしまう。

「何か変わったことはあったか？」

お疲れなのか、ベッドに腰かけたまま前屈《かが》みになり、眼鏡を外して目と目の間を指で揉んでいる。この状況に落ち着けるわけもなく、私はコーヒーを淹れることにした。備え付けの電気ポットにミネラルウォーターを入れつつ、黒木さんの質問に答える。

「変わったことはまあ、ありましたけど……それが黒木さんの欲しい情報なのかどうかは、よくわからなくて？」

首を傾げながら、ふたつのカップにインスタントコーヒーを入れる。

もう少し、どういう意図でこんな報告をさせているのか私にもわかるように情報をいただけないだろうか。でないと、どういう報告を彼が欲しがっているのか判断できない。どうせ『必要かどうかはこちらが判断する』と冷たく言われそうな気がするけれど。

「もうちょっと具体的に、こういうことがあったら教えろとかないですか。近づいてくる人間がいたら、というのは聞きましたけど、正直、ほとんどが黒木さんと私のカップリングに驚いて声をかけたという人ばかりで。それこそトイレで手を洗ってる時に、いきなり『黒木さんとお付き合いしてるって本当？』って聞かれたり」

「それは、どこの所属の女だった？」

「わかりません。頷いたら、こちらが話しかける間もなく『うそー』って心底びっくりした様子で行ってしまったし……」

黒木さんならきっと、顔を見ただけですぐにわかったんだろうけど。残念ながら、私には無理なことです。怒らないでほしい。

「あ、でも制服じゃなかったので総合職のほうかなって」

「そうか。他には？　総務内で何か変わったことはあったか」

役立たずめ、とでも言われるのかと思ったら、案外さらっとスルーしてくれた。本当に、何が基準かわからない。

「総務内は、初日はちょっと騒がれましたけど、その後は特に何も」

……黒木さんに報告するようなことは特になかった。

それは確かなのだが、正直、あまり気分のよくない出来事はあった。それが頭に浮かんでしまい、私の語尾が少し弱くなる。

「本当に？」

そんな僅《わず》かなことに気づいて、重ねて聞かれるとは思わなかった。

一瞬迷ったが、結局ふるりと顔を横に振る。

「ほんとです。もっと弄《いじ》られるかと思ったけど、そうでもなかったですし」

嘘はついていないし、本当に何かがあったわけではない。ただ、総務内で言われたことに、私がとてもモヤモヤしてしまっただけで。

そのモヤモヤを説明しようにも、自分の中でもはっきりしていないのだから説明のしようがない。

黒木さんは、私に探るような目を向けてくる。私は軽く肩を竦《すく》めて付け足した。

「総務課より、秘書課の方々の目のほうが、ちょっと」

「秘書課？」

秘書課のお姉様方が、優秀であるのは間違いない。けれど私は、ある意味井筒先輩と同じ人種なのだろうと、ずっと思っていた。

大手企業の役員秘書だ。よりグレードの高い男性を求めて婚活ができるポジションではないか。ハイスペックな相手を探しつつ、それに見合うよう自分のレベルも上げるあたり、井筒先輩と同種とするのが悪いような気もする。むしろ、一緒にするなと怒られそうだ。

とにかくそういう人たちだと思い込んでいたので、てっきり睨《にら》まれると思っていた。黒木さんは社内で恐れられてはいるけれど、超エリートには違いない。加えてこの外見だ。同じハイスペックな女性たちからすれば、婚活の相手として申し分ないのではないだろうか。

だから、今日社内のコンビニで秘書課の女性三人と出くわした時には、何かそれなりの展開を覚悟した。それなのに、私を見た彼女たちは……

「なんか、ものすごく哀れまれたような気がしてしょうがないんですよね」

今思い出しても、睨《にら》むとかそういった様子では決してなかった。『可哀想に』とぼそっと聞こえたような気もする。

……もしかして、下僕だってバレてるのかな。

もしそうなら、さすが役員秘書、見事な洞察だと尊敬する。

「ああ、秘書課は、気にしなくていい」

「そうなんですか」

「俺が着任してから、面倒な奴と役に立たない奴は追い出した。後に残ったメンバーは分を弁《わきま》えている」

「さようでございますか」

……さもありなん。

黒木さんならそうだろうな、と妙に納得して思わず遠くを見た。

つまり秘書課は、とっくの昔に人員整理されて、今は黒木さんのお眼鏡に適《かな》った人たちしかいないということなのだ。

じゃあ、あの哀れみの目はやはり『黒木さんに捕まって可哀想に』とかそういう意味だろうか。恋人と下僕、どっちの意味で捕まったと思われているのか気になる。

その時、カチッと電気ケトルから音がして、お湯が沸いたことに気がついた。黒木さんに背を向けて、用意していたカップにお湯を注《そそ》ぐ。

「どうぞ。ちょっと気になったんですが、私に怒りを向けてくる女性の可能性はないですか？」

砂糖もミルクも入れない、ブラックコーヒーのカップを彼に手渡しながら尋ねると、黒木さんの眉がきゅっと寄せられた。怖いようと思いつつ、さすがに慣れてきてもいる。だっていちいち怯《おび》えていたら、まともに話せないんだもの。

「あの、つまり、婚約者だったり、隠れて付き合っている女性だったりが怒鳴り込んでくる可能性があるなら、先に心の準備が必要なので」

いきなりそんな修羅場に遭遇したら、上手《うま》く取り繕《つくろ》える気がしなかった。

しかし、どうやらそれは杞憂《きゆう》だったらしい。

「そんなことか。もしそんな可能性があったとしても、手を打つから問題ない」

彼は拍子《ひょうし》抜けしたようにあっさりと言い、コーヒーを啜《すす》る。

さようですか、と私も気が抜けた。

実際にそういう人がいるのかどうかの答えはないし、相変わらず私に情報はいただけない。私は、余計な心配はせずにただ言われたことだけしていればいいらしい。癪《しゃく》に障るけれど、弱みを握られているうちはおとなしく従うしか方法がないのだ。

黒木さんがこんなことをしているのにはもちろん目的があるからで、それが達せられれば、あの夜の画像を削除してくれる約束になっている。

だがしかし、私もただおとなしくそれを待つつもりはなく。

従順に言われた通りにしていれば、いずれ隙ができるのではないか。

なんせ彼はいつも疲れている。

爆睡しろとまでは言わないが、一緒にいる時ふっと気が抜けて、トイレに行く時にうっかりスマートフォンを放置していったりとか。もちろん、ロックはかかっているだろうけれど、チャンスを狙わずにはいられない。

自分のカップを両手で持って、コーヒーの香りを楽しみながらじっと黒木さんの様子を窺う。

「井筒はどうしてる？」

私からは特に報告がないとわかった彼から、名指しで質問があった。

「先輩は、特に何も。いつも通りです」

社長と会う機会をなんとか作ってくれとは言われているけれど、さすがに彼女も理解している。いくら恋人に頼まれたとしても、黒木さんが社長に関することにそう易々《やすやす》と応じるはずがないことを。

どうやら先輩は、私と黒木さんの仲が深まるのを、しばらく待つつもりのようだ。

私の返答に、彼は軽く頷いた。

「わかった。ご苦労だったな。後は、好きな時間に帰ってくれていい」

ご苦労って、もう完全に私のこと自分の駒だと思ってますね。ええ間違いないんでしょうけども。

「わかりました。では」

即座にそう言うと、くっくっと面白そうに笑われる。

だって、黒木さんの隙は見つけたいけど今は絶対無理ってわかってるからね。それなら即退散がベストですよ！

「そんなすぐに逃げなくてもいいだろう」

「ゆっくりする意味はありませんので」

恋人の演技をしていない時の黒木さんは怖いし、笑ったかと思えばからかってきたりするのだ。そんな人の前に、長くいたい理由はない。

散々いいようにされているせめてもの意趣返しに、素っ気なくしてさっと帰ろうと思った。なのに、ぱちりと目が合った途端、なぜか身体が固まってしまう。

彼は、ベッドから少しも動いていない。ただそこで、自分の膝に頬杖をつき、軽く微笑んで私を見ていた。

どうして動けなくなってしまったのか。それは、顎《あご》を引いて見つめてくる目が、あの夜、胸元から私の顔を見上げてきた時の目と同じに見えて、酷く乱されたことまで思い出してしまったから。

心臓が驚いて、痛いくらいに跳ねた。身体中の血が沸き立ち、ぽっとお腹の奥に熱が灯《とも》ったような気がした。

時間にして数十秒。声も出せずにいる私に、彼がふっと目元を緩めた。

「どうした。帰るんじゃないのか」

その言葉にはっと我に返る。金縛りが解けたみたいに、ぱっと彼から顔を逸らした。

「か……帰ります、もちろん！　それでは、ご馳走さまでした」

目を合わせたらまた動けなくなりそうで、黒木さんの目を見ないようにしながらさっと頭を下げると、くるりと背を向け早足で部屋を出る。その瞬間、やっぱりくすりと笑われたような気がした。

黒木さんの傍にいると、度々思考回路が制御不能になるから困る。

自宅に帰って一息ついた私は、ようやく頭が回るようになって黒木さんとの会話を振り返った。今日だけでなく、これまでの会話全部だ。

私にこんなことをさせる意味って、なんだろう。

黒木さんは、井筒先輩を警戒しているようだ。もしくは、動向を気にしている？　それはわかる。だけど彼からすれば、井筒先輩なんて取るに足らない相手だろうに。そこがちょっと、引っかかる。

ああ、そうだ。井筒先輩を一度だけでも社長に会わせてもらってはダメだろうか。今なら黒木さんと同時に会わせられるし、社長に対して何か問題を起こすことはないと思うのだ。

むしろ、今しかない……？

私が黒木さんの下僕をしている間に、一度だけ先輩を社長に会わせて満足させて、ついでにきっぱりとフッていただけたら彼女も諦めがつくだろうか。

いや、だめだ……なにせ、あの人はいきなり人に媚薬《びやく》を盛るような突拍子《とっぴょうし》もない人物なのだ。迷惑をかける予感しかない。高輪社長を困らせて、黒木さんに更なる弱みを握らせてどうする。

そんなことを考えているうちに、土日が過ぎていった。

◇◆◇

月曜日の朝。更衣室で制服に着替えた私は、総務課へ向かう。入り口に立ち、一度足を止める。このところ、オフィスに足を踏み入れるのがとても憂鬱《ゆううつ》だ。

……虐《いじ》められているわけでもないし、仕事は楽になってきている。だけど、モヤモヤするのだ、どうしても。

ぎゅう、と目を閉じて軽く息を吐く。それから、気持ちを切り替えるようにぱっと目を見開き「おはようございます」と意識して明るい声を出しながら一歩踏み出した。

かつて、仕事におけるストレスのほとんどは『井筒先輩』だった。今もまあ、その点に変わりはない。なんせ、先輩は仕事をしない。

「……先輩！　これ、期限明日じゃないですか？」

月末までに集計してファイリングしなければいけない仕事が、先輩の机の上にぐちゃっと山積みになったものの隙間から見えてしまった。見るんじゃなかった。

「あー、やだ。そんなとこにあったんだぁ」

スマートフォンを見ていた井筒先輩が、呑気《のんき》な声を上げる。うんざりするが、いつものことだ。

「どうしよう、間に合うかなあ」

この、語尾を伸ばす話し方をする時は、ほぼやる気がない時だ。

「かなあじゃなくて、間に合わせてください、仕事なので」

「でも私がやるより、あんたがやるほうが早いし」

「責任持ってやってください。私は知りませんよ、本当に知りませんから！」

いつもいつもフォローしていては癖になるのはわかっている。だから、私は手助けをしないと、一度は意思表示するのだが……

結局、手伝う羽目《はめ》になるのが毎度のことだった。抱えていたいくつかの仕事を早急に終わらせて、先輩の様子を見ればとてもじゃないが間に合いそうにない。

――多分、ここで手を貸すからダメなんだろう。でも貸さなかったら他に迷惑がかかるしなあ。

先輩には急ぎでない私の仕事をふたつみっつ押し付けて、急ぎの分を引き受けた。別段、難しい仕事ではない。ただ、まるっきり手付かずだったので整理から始めなければならず、地味に時間を食う。

終業時刻が過ぎても、まだ終わらなかった。

「悪いわね、今日パパと食事の約束してるからさぁ」

ちっとも悪いと思っていない口調で一応の言い訳をして、帰ってしまった井筒先輩。子会社とはいえ、社長である父親を持ち出せば許されると思っているところが、腹立たしい。

しかし、それより、納得がいかないのは――

「天沢さん、私たちも手伝おうか」

「大丈夫？」

井筒先輩が帰った後、私に近寄ってきたのは安藤さんと田中さんだった。この頃、私が井筒先輩に悩まされると、ちょっと残業したら終わります」

「大丈夫ですよ、ちょっと残業したら終わります」

「じゃあ、何か他の仕事を手伝うよ？」

「んー……そうですね……」

急に親しげになったふたりに、私はいつも素直に頼むことができないでいる。悩むフリを数秒してから、どうにか笑みを浮かべて言った。

「今は大丈夫です。お願いするにも、仕事がまだ整理できていない状態なので。ありがとうございます」

確かに、お願いできれば明日が楽になる。どうしても無理な時は頼ることもあるけれど、できることなら頼りたくないと思ってしまう私がいた。

「そう？　遠慮しないでね。それにしても井筒先輩も困ったものよねぇ」

親切ごかしに、そんなことを言ってくる。私の頬が、ひくっと痙攣《けいれん》した。

「自分の仕事を人に任せてさっさと帰るとか、ねぇ」

「あの人、昔っからああだから……」

くすくす笑う彼女たちを見ていると、すごくお腹がモヤモヤする。

だって、今までずっと遠巻きに見て、私を助けてもくれなかった人たちが、なんで今になって？　考えられる理由は、黒木さんとの熱愛発覚しかない。つまり黒木さんが私の味方についたなら、親切にしておいたほうが得だと思ったんじゃないだろうか。そう考えたら、とてもモヤモヤした。

「先輩のフォローには慣れてるので。あと少しで終わるので、安藤さんも田中さんも帰ってください」

このやり取りが、地味に日々のストレスとなっていた。

悪いのは井筒先輩に決まっているし、あの人たちは見て見ぬフリをやめたってだけなんだけども。クスクス笑いと井筒先輩への悪口が、どうしても好きになれない。

「そう？　じゃあ、ごめんね」

「いえいえ。お疲れ様です」

どうにか作り笑いを浮かべて、パソコンの画面を見ていた顔を彼女たちに向けた。

「あ！　そういえば、もうすぐ創立記念パーティでしょ？」

これでやっと静かになると思ったら、安藤さんが急に新たな話題を振ってきた。

「ありますね。準備はみんなで分担してますが、滞《とどこお》りなく進んでますよね？」

高輪コーポレーションの創立、正確には一企業からグループ企業へ発展した日を記念する式典が毎年開かれる。私たち一般社員が出席することはないが、その準備を総務課と秘書課の連携で行っていた。私たちの仕事は既に終わっているから、急にその話が出てくる意味がわからず、私は首を傾げる。

安藤さんは、何やら楽しげな……好奇心いっぱいの表情で私に向かって軽く身を乗り出す。

「ねえ、もしかして、天沢さんは出席するの？」

「え？」

なぜ私が？

意味がわからず、きょとんと彼女たちを交互に見る。安藤さんだけでなく、なぜか田中さんも期待のまなざしを向けてきた。

「だって、黒木さんは毎年パーティに出席してるでしょ？　社長の親戚なんだし」

そう言われて、はっと気づいた。そうだ。今まで意識していなかったが、あの人は会長の甥《おい》で社長の従兄《いとこ》にあたるんだ。

　式典には、よほどのことがない限り経営親族は全員参加である。奥さんはもちろん、婚約者がいる場合もほとんどが同伴で出席していた。

「いやいや、私は……」

　一応、恋人ということになっているが、婚約者ではないのだから当然出席するわけがない。その証拠に黒木さんからは何も言われていなかった。

　慌てて否定しようとしたが、ふと、否定してもいいのか迷ってしまう。

　参加しないとなると、本当に恋人なのかと疑われてしまう？

　いや、でも、いくらなんでもそんな正式の場に私を連れて行くわけがない。それに、出たら取り返しのつかないことになりそうな気もする。

　かといって、ここで強く否定するのもきっとまずい。

「え、ええっと」

「いいなあ、そんな経験滅多にできないよ？　黒木さんにお願いしたら出席させてもらえるんじゃない？」

　いやいや、私はそんな経験お断りだよ。胃がもたないよ！

「ん、んー……実は、一緒に来るかって誘ってもらったんですけど……ほら、やっぱり緊張しちゃいますし」

「ええーっ！　まさか断ったの？　もったいなっ！」

「いくらなんでも、場違いかなって思ったので。私、地味ですし」

困った顔で笑ってみせると、どうやら私に自信がないから今回は断念したと勝手に解釈してくれたらしい。

ひたすら「もったいない！」を繰り返していたふたりだけれど、私のパーティ出欠の答えを聞けて満足したのか、ようやく帰ってくれた。

そして、総務課に残ったのは私ひとりになる。

さっさと仕上げて、早く帰ろう。

気を取り直してパソコンに向き合うが、何やらどっと疲れてしまい思うように作業が進まず、結局、二時間の残業となってしまった。

正面玄関は、もう施錠されている時間だ。暗くなった社内を歩き、警備員が常駐する裏口へ向かう。

「こんな時間まで残業か」

随分聞き慣れてきた低音ボイスに後ろから声をかけられ、ぴんっと背筋が伸びた。

「すみません！　課長は悪くありません！」

以前、捌《さば》ききれない仕事の割り振りで上司を追及すると脅《おど》されたことがあったのを思い出し、咄嗟《とっさ》に言い訳を口にした。

実際、残業は課長ではなく井筒先輩のせいだし、遅くなったのは自分の中で消化不良を起こしている感情に気を取られて、仕事に集中できなかったせいでもある。

答えてから恐る恐る振り向くと、くっくっと可笑《おか》しそうに笑う黒木さんが立っていた。

「相変わらず井筒の仕事を引き受けてるのか。お人よしめ」

そう言いながら、コツコツと靴音を鳴らして彼が近づいてくる。

「お人よしってわけではないです、仕事だからやらなきゃいけないだけで」

小馬鹿にするような物言いに、少し拗《す》ねるような口調になってしまった。

「黒木さんも今お帰りですか」

ツンとしながらそう言って、すぐにはっとして周囲を見る。今の私たちの会話は、とてもカフェテリアで晒《さら》しているバカップルには見えないと思ったからだ。

周囲には誰もいなかった。もう遅い時間だし、せいぜい出口にいる警備員に見られるくらいだろう。

「うっかり仕事用のスマートフォンを忘れて取りに来た」

「……黒木さんがうっかり？」

ものすごく違和感があって首を傾げる。

「俺じゃない。征一郎だ」

「せい……ああ」

高輪社長のことだと気づくのに、一拍遅れた。黒木さんがすぐ目の前まで来て、そのままなんとなく出口まで一緒に歩く流れになる。

守衛さんの前を通過してから、黒木さんのほうを向き「それじゃ」と頭を下げて別れようとした。だが、それより先に引き留められる。

「飯食べてないんだろう。奢《おご》ってやる」

「えっ？　でも、スマホを社長に届けないといけないんじゃ？」

「朝から直行する出張に間に合えばいい」

「えっ、いや、でもご飯は平穏に食べたい……」

うっかり本音を漏らしたら、思い切り変な顔をされた。

「飯を食うのに平穏も不穏もあるか」

ありますよ！　あなたとの食事はいつだって不穏な気配で満ち溢れています！

「ごちゃごちゃ言ってないで行くぞ。俺も腹が減った」

黒木さんが私の言うことに聞く耳を持ってくれたことはない。抵抗虚しく、私は会社を出てすぐの場所に一時駐車していた彼の車に押し込められた。

しばらく車を走らせて着いた場所は、繁華街の隅にあるコインパーキングだ。黒木さんはそこから歩いてすぐの居酒屋に入り、半個室状態のテーブル席に座る。また高そうなお店に連れて行かれると思っていた私は、内心驚いた。

慣れた様子でビールを頼む黒木さんに、思わず尋ねる。

「ちょ、車どうするんですか？」

「俺は飲まないが、天沢は飲むだろう？」

えっ、と驚いて口を開ける。私ひとりだけ飲めと言われても、飲みにくい。そんな私をよそに着々と料理を選んで注文し、促《うなが》された私も好物の揚げ出し豆腐とお茶漬けを頼んだ。とにかくお腹が空《す》いているので、先にお米を食べたかったのだ。

注文を聞いた店員がその場を離れてしばらくして、先にビールジョッキとウーロン茶が運ばれてきた。

ビールジョッキを差し出されて、受け取るのを躊躇《ためら》う。

「あの、私だけ飲むというのもなんだか……」

「愚痴には酒が付き物だろ？」

そう返されて、目を見開いた。黒木さんはにやりと口の端を上げる。眼鏡の奥では目が楽しげに細められた。

「そんなに、溜まってるように見えますか」

「ストレスでやせ細られても困るからな。役に立ってもらう以上、メンテナンスはしてやろう」

その言い方が、なんか腹立つ。

むっとして正面に座る彼を睨《にら》むが、彼のほうはまるで動じない。たまった鬱憤《うっぷん》と黒木さんへの腹立ちに任せて、ビールジョッキを思い切り呷《あお》ってやった。

もちろん、めちゃくちゃ酔うつもりで飲んでいたわけではない。愚痴だって当たり障りのない程度に誤魔化して、適当に切り上げようと思っていた。

「今まで！　今まで陰でコソコソ笑ってるだけだったのに、どうして急にいい人ぶって声をかけられるんですか？　それがすごく、モヤモヤするんです。納得いかない」

そう言った後、喉の渇きを覚えてまたビールを飲む。静かにジョッキを置いたつもりだったけれど、なんだか手の力が抜けてしまってゴンッと音がした。

「確かに、確かに手伝ってもらったらすごく助かるんですけどっ」

「色々と無駄なことを考える奴だな」

黒木さんは、私の愚痴を聞きながら呆れたように肩を竦《すく》める。

「無駄ってなんですか。酷いです。メンテナンスしてくれるんじゃなかったんですかー」

むっと眉間に力を入れて、テーブル越しに軽く身体を乗り出した。ここまでストレートに愚痴るつもりはなかったし、今まで怖くて、とてもじゃないけど文句なんて言えなかったのに、どうしてかしら。今日は全然、怖くない。

「だからしてるだろう」

「大体、人のことメンテナンスとか、その言い方も酷くないですか。私は人間です」

「何が酷いのかわからない。厚生労働省のサイトにも心のメンテナンスがどうのとあった。文句があるなら先にそっちに言ってこい」

「……そうなんですかー。こうせいろうどうしょう……」

厚生労働省……心のメンテナンス。そう聞くと、なんだかとても優しい印象を受ける。

「そうか……黒木さんが言うから腹が立つのかもしれません」

「おい、なんだその言い草は。お前、かなり酔ってるだろう」

「酔ってません」

黒木さんが眉を顰《ひそ》めながら、私の手からジョッキを取り上げようとした。

「ダメです、まだ残ってるんですから！」

「やかましい。寄越せ」

今度は黒木さんがテーブルの上に上半身を乗り出してくるので、私は急いでジョッキの残りを飲み干した。

「お前……」

ぷはっと息をして、口元を指先で拭う。正面を見れば、頬を引きつらせた黒木さんがいる。

「失敗した。飲ませるんじゃなかった」

「メンテですよ黒木さん、メンテ。愚痴を聞いてくれるって言ったじゃないですか」

「だから聞いてやってるだろ。さっきも言ったが、無駄なことを考えるから腹が立つんだ。自分に何が必要かを考えて行動すればいいだけだ」

「うん？　難しい……」

別に難しい言葉ではないのだけれど、それを私の悩みにどう反映すればいいのかわからない。首を傾げると、くしゃっと酷い顔をされた。

「……この酔っ払いが」

あ、やばい。いよいよ本気で怒られそう。ちょっと頭が冷えて、しゃきっと背筋を伸ばす。そこで自分が、結構酔っていることに気がついた。

頭の芯がくらくらする。なんだか視界が明るいような、それでいてゆらゆら定まらないような。揺れる視界でじっと目を凝《こ》らしてみると、顔を顰《しか》めて怒っているように見える黒木さんに、どうしてかいつもみたいな怖いオーラが漂《ただよ》っていない気がした。いや、オーラなんて酔ってなくても見えないけれど。

「今まで見て見ぬフリをしてた奴らが、急に手のひらを返してこようが、それで仕事が進むなら問題ない。相手の人間性まで気にするから腹が立つ。それだけのことだ」

「でも悪口聞くのはストレスです」

「そいつらは一生付き合う人間なのか？」

そう言った彼の目は、怖くはないけれどひやりと見えた。

「一生……ではないですね、多分？　同じ部署ってだけなので」

「右から左に聞き流していれば、よほどの馬鹿でない限り、そのうち相手にされていないと気づいて離れていく。長く付き合うかどうかもわからない奴の人間性まで気にしてやるとは、親切な奴だなお前は」

え、そういう考え方？

きょとんとしている私の口から、ひくっとしゃっくりが出た。

「……それは、新しい見解でした」

「そうか？」

黒木さん、友達いなさそう。けど一理あるような気がしてくる。

「別に彼女たちの人間性を気にしているつもりはなかったんですが、腹が立つってことは相手にしてるってことですもんね……」

「相手の内面まで心配するような人間関係は少なくていい。お前はあちこちに感情を向けすぎだな。だから疲れる」

酔いで頭がふらふら揺れている私でも、まだきちんと思考回路は働いている。つまり黒木さんは、自分にとって必要な人以外に対しては機械的に相手をしろと言っているのだ。なんだかとても冷たい人の冷たい意見のように思える。だけど、私は気づいてしまった。

「……ふふふ」

なんとなく嬉しくなって、勝手に口元がにやけてくる。すると黒木さんが眉根を寄せた。

「……なんだ」

「えへへ。だって、そういうことを私に言ってくれるということは、黒木さんが私の人間性を少しは気にしていて、内面を心配してくれてるってことじゃないですか」

お酒の席っていいいな。いつもの私なら、こんなこと絶対怖くて言えないわー。

にこにこ笑って黒木さんの反応を待っていたが、彼は無言だった。しばらく待ってもまだまだ無言が続き、そのうち、あれ、私地雷踏んだ？　と思い始めた時。

黒木さんがすっと目を細め、ゆっくりと口角を上げて微笑んだ。

ぞわっと背筋に寒気が走り、私の表情筋が活動を止めた。不機嫌よりもこっちのほうがよほど怖い。

「そうだな。特別授業をしてやったんだ、親切だろう？」

「あ、え……」

「勉強代だ。ここの支払いは任せよう」

「えええっ！」

待って！　さっき、黒毛和牛のカルパッチョを注文してなかった⁉　本日おススメで

お値段書いてなかったよ⁉

悲鳴を上げた私を更にからかうように、黒木さんはまた新たな注文を入れようとメニュー表に手を伸ばした。


ところどころ、記憶が飛んでいる。

――お前！　俺が見てない隙にまた酒を頼みやがって！

店員が持ってきたグレープフルーツ酎ハイをすかさず受け取った私に、黒木さんが怒っていたけれど取り上げられる前に思い切り飲んだ。

よくまああそんなことができたなあと思う。その上、酔いに任せてなんか色々言った気がした。

ああ、酔っ払いって怖い。

頭がぐわんぐわんして痛くて気持ち悪い中、私は他人事《ひとごと》みたいにそんなことを思っていた。

結局その酎ハイも全部飲んで……飲んだっけ？

はっきり覚えていないけれど、黒木さんの怒った声を聞いた覚えが……

――このクソ酔っ払いが！　征一郎より質《たち》が悪い！

え、ごめんなさい。社長も酒癖が悪いってことかな？

——家はどこだ、そこまでは把握していない。

当たり前です、知ってたらさすがに退職を考えます。っていうか、どうして家の場所を聞くの？　私はそれにちゃんと答えたっけ。

答えてなかったら色々まずい気がして、一生懸命思い出そうとするのだけれど、さっぱり思い出せない。そういえば、今は何時でここはどこなんだろう。

徐々に意識が浮上してくる。どこか柔らかい場所に寝かされていることに気がついて、薄く目を開けた。

頭がガンガンして、部屋の明かりを眩《まぶ》しく感じる。思わず眉間に力が入った。その時、ふわりと石鹸のようないい香りがした。

「……食うぞ、遠慮なく」

ぶっきらぼうな声に、真上から見下ろしてくる誰か。黒木さんなのはすぐにわかったけれど、視界がはっきりしなくてどんな顔をしているのかわからないのだ。

って、いうか。

「……まだ、食べるんですか」

食べたくせに、黒毛和牛のカルパッチョ。それから嫌がらせみたいに、あわびのステーキも頼んでた。悔しくて拗《す》ねていたら、一切れ口の中にねじ込まれた。すごく美味《おい》しかったけど、どうしてああいうことするんだろう、黒木さん は。

にやって笑って、すごく楽しそうで、なんだか虐《いじ》められているのに、ほんのり甘い気持ちになった。あんな誰も見てないとこでそんなことしても、意味がないのに。

……あれ、そういえば、食事代っていくらだったんだろう。私、お金払ったっけ。

つらつらと考えていたら、また黒木さんの声がした。

「まだ食ってないからな」

え、嘘、食べたよ。

言い返そうとしたら、頬に温かい手が触れる。ちょっとしっとりしているのは、お風呂に入ったからだろうか。ああ、だから石鹸の香りがするのか。

黒木さんの声なのに、頬を撫でる手はとても優しい。頬から耳へ、耳から顎《あご》のラインへと指先が辿《たど》る。

そうだ、冷たいのにこの人の触れ方はとても優しいんだった、最初の時もそうだった。

「……きもちい」

ふにゃっと口元が緩む。甘えた声が出てしまったその一瞬、ぎしっとベッドが軋《きし》む音がした。

「……佳純」

呼ばれた自分の名前は、とても甘く聞こえる。カフェテリアにいる時の、人工甘味料みたいな甘さではない気がして、私は安心してもう一度目を閉じた。

5　唇へのキス

ふっと首筋に吐息がかかる。

──おい。

肌に唇を触れさせながら喋《しゃべ》るから、少しくすぐったい。頭を振ったら、濡れた髪が頬に当たった。更にぶんぶん頭を振ったら、くらっとしたので仕方なくおとなしくする。

するとまた、首筋に唇の感触がした。今度は優しく、唇で肌を啄《ついば》むようにしながら、耳の近くまで上がってくる。

──寝るな。

耳元で低い声がして、ぞくっとした。耳朶《じだ》を食《は》まれて、ぞくぞくした気持ちよさが背筋に広がる。無意識に身を捩《よじ》れば、片腕が腰の下に入り込んで背中が浮いた。

もう片方の手が、私の肩を滑る。不意に胸が軽くなったような気がして、解放感が生まれた。ブラの肩紐が、肩から腕を辿《たど》る指に引っかけられて、ずらされる。

──本当に、このまますするぞ。

今度は反対側の耳元で声がした。唇が肌を啄《ついば》みながら下りていって、鎖骨辺りをぺろりと舐《な》められる。そこで小さな含み笑いが聞こえた。

――甘い。

そんなわけないでしょ、と思うのだけど、どうでもよくなった。だって、黒木さんの触れ方が本当に気持ちよくて、ふわふわして安心してしまう。酔って頭が重いけど、それも気にならなくなるくらい。だから、身体の力が抜けてしまって……

――おい。寝んなって、寝息立てんな。……くそ。覚えてろよ。

悪態と同時に、大きな手に髪をかき上げられる。本当に、気持ちよかった。口は悪いのに手と唇はすごく優しくて、この人はどうしてこう、ちぐはぐなんだろう。

そこで、私の意識はふっと真っ暗になった。

そして次に私は、不機嫌な声に起こされた。

「起きろ、天沢」

「へあっ！」

大きな声ではなかったけれど、起き抜けに聞く声じゃない。びっくりして目を開けた私は、しばらくまったく見覚えのない天井を見上げていた。

「え。あ、あれ？」

驚きすぎて心臓がばくばくとうるさい。ぎゅっと上掛け布団を握りしめて、必死で考えた。ここはどこだ。今日は何曜日？　今何時？　今聞こえた声は？

黒木さんの声だ。

「やっと起きたか」

呆れたような疲れたような、低い声。恐る恐る声のした右側に目を向けると、裸の黒木さんが同じベッドに寝ていた。

その、あり得ない光景に絶句する。

少し乱れた黒髪、首筋から続くたくましい胸筋。枕に肘をつき、そこに頭を載せた彼は、細めた切れ長の目で私を見つめ、なぜか口元をむすっと引き結んでいる。

そんな顔でも漂《ただよ》う色気と整いすぎた顔立ちは健在で……いや見とれている場合じゃなかった。

……なんで、裸?

はっとして自分の胸元に視線を向ける。

「ひゃっ⁉」

なんで私も裸⁉

掴んでいた布団をぐいっと肩まで引っ張り上げ、慌てて寝返りを打ち黒木さんに背を向けた。

え、え、え。

これって、今度こそ、やってしまった?

しかし、もう一度よく確認したら、後ろのホックが外れているだけで、ブラは中途半端にではあるが腕に引っかかっていた。そして、ショーツはちゃんと穿いている。

え、じゃあ今回もセーフ？　大丈夫？

寝起きと二日酔いの余韻で頭が重い中、ぐるぐると考えを巡《めぐ》らせていると、突然後ろから抱え込まれるように圧《の》し掛かられた。

「ひえっ⁉」

「二度寝するな」

「し、しません！　っていうかどうして裸なんですかー！」

布団の中で丸くなりながら抗議すると「下は穿いてる」と言われた。当たり前だ！

「は、離してくださいぃ」

布団越しとはいえ半裸状態で抱きしめられていると思ったら、とてもではないが平静ではいられない。そして重くて、熱い。布団から顔だけ出して抗議すると、すぐ耳元で声がした。

「昨夜のことは……どこまで覚えてる？」

「えっ……」

掠れて、ちょっと疲労を感じさせる声。やっぱり、何かあったのか。いやでも、身体に違和感はないし……え、昨夜、一体、何があったの。

「えっと……確か、居酒屋で……飲みすぎて黒木さんが怒ってて」

次のお酒を注文してくれなくなって、諦めたフリをして黒木さんがスマートフォンを見てる隙にタブレットから酎ハイを頼んだ。

「取り上げられる前に飲んじゃえ、と思って……」

「……それで？」

「うっ」

低音ボイスで、耳元で囁《ささや》くのやめてほしい。というか上からどいて、重いしどきどきするし息苦しい。

「……飲んだところから、覚えてない、です」

全部飲み切ったかどうかもわからない。そもそも、昨日はどうしてあんなに酔ったんだろう。それほどお酒に強いわけではないけど、自分の限界はわかっているつもりだった。

……あ。そうか、生理前だった。

体質的に、生理前になると酔いやすくなる人がいるらしい。そう、以前悪酔いした時に知人が教えてくれた。多分その体質に当てはまるんだろうと自覚してから、気をつけていたのだが。このところ、それどころじゃなくてすっかり忘れていた。

「頼んだ酒を一気飲みしようとして、半分近く零したことは？」

「え」

「そこから一気に酔いが回って、急にいつもホテルで聞いている報告を大声で喋《しゃべ》り出し、店を出るしかなくなったことは？」

「うっ」

さ、最悪……誰、その酒乱……

「も、申し訳ないです……でも、何も脱がさなくても……」

「グレープフルーツの酒でベタベタの服のまま寝かせろと？　俺のベッドに蟻《あり》がたかったらどうする」

「蟻《あり》って、いくらなんでも……え、ここって」

今、俺のベッドって言った？

ベッドのシーツに伏せていた顔を上げる。首が回る範囲で部屋を見渡すと、広くて綺麗な寝室だが、ホテルの部屋という感じではなかった。

「……黒木さんち？」

まさか、黒木さん宅に来ることになるとは。驚いてぽつっと呟いて、それに答えてくれた声は相変わらず近い。

「仕方ないだろう。征一郎にスマホを届ける必要があったし、ホテルに行くよりここのほうが面倒じゃなかった」

目だけ動かして黒木さんを見ると、相変わらずむすっとしていた。

……怒ってる、というわけでもなさそうだけれど、迷惑をかけたことは間違いない。

「……すみませんでした」

素直に謝るが、無言で睨《にら》まれただけ。気まずいし顔が近い上に、恥ずかしい。

「あの、ほんとにごめんなさい。いつもはこんなに酔わないんですけど、体調のせいで、その……」

まだ圧《の》し掛かられた状態なので、逃げられないし身動きもとれない。せめて神妙な態度で謝罪すると、黒木さんの目がちょっとだけ揺れた。

「体調が悪かったのか？」

「あ、いえ、そういうわけではなくて」

生理前だから……なんて言えないって。

「体調のせいだと今言っただろ」

「あ、ほら、疲れてたからってことです！　最近、色々あったし」

そう言うと、納得したのかやっと私の上からどいてくれた。ベッドの端に腰かけて、私に背中を見せたかと思うと、ぐしゃぐしゃと自分の髪を片手でかき乱した。

「黒木さん？　あの……本当に、ご迷惑をおかけして」

酔っ払いをここまで運ぶのも大変だったに違いない。どこかの交番に放り込まれても仕方なさそうなところだけど、案外親切だ。

広い背中が揺れて、深々とため息をついた。やっぱり怒っているんだろうかと思ったら、彼がベッドの足元に手を伸ばし、直後ぼふっと柔らかい何かが顔面にぶつかった。

「ぶっ、な、なんですか急に」

布団で身体を隠しながら起き上がり、ぶつけられたものを広げる。それは大きなバスローブだった。

「シャワーを浴びてこい」

ぶっきらぼうにそう言って、彼は立ち上がって寝室から出て行く。言っていた通りちゃんと下には、スウェットのようなものを穿いていて心底ほっとした。

バスローブを羽織り、ベッドのサイドテーブルに置いてあった自分のバッグを持ってシャワーを浴びに行く。寝室を出てきょろきょろと廊下を見渡すと、半分開いた引き戸があった。

「……ここかな?」

中を覗くと、当たりだった。洗面台があり、その右奥に浴室の扉がある。洗濯機のフタの上に、バスタオルと一緒に私の服が置かれていた。酎ハイを零したと聞いたけど、洗って乾燥までしてくれたようだ。

「……か、甲斐甲斐しい……?」

悪魔のイメージにまったく合わない。服からは洗濯洗剤のいい匂いがした。

シャワーの前に、バッグの中からスマートフォンを出して時刻を確認する。まだ朝の六時で、出勤まで余裕がありそうでほっとした。

それでもあまりゆっくりするわけにはいかず、急いでシャワーを浴びる。簡単にメイクをしてから、廊下に出るとコーヒーのいい香りが漂《ただよ》ってきた。

多分、こっちがリビング？

香りを辿《たど》った先にある磨《す》りガラスの扉を開けると、そこがリビングだった。

「ひっろ……」

めちゃくちゃ広い。カーテンが開けられた大きな窓から、明るい陽射しが差し込んでいる。ソファとテレビ、それと小さめのダイニングテーブル。最低限の家具しかないのと、面積の割にダイニングテーブルはふたり用くらいの小さなものだから、余計に部屋が広く見えるのだろうか。

そのダイニングテーブルで、黒木さんがコーヒーを飲みながらスマートフォンを見ていた。既にワイシャツを着てネクタイを締めている。

「朝食は？」

「あ、大丈夫です」

「キッチンにコーヒーとパンならある」

キッチンの方角を指さしてそれだけ言うと、またスマートフォンに視線を戻してしまった。それならコーヒーだけでももらおうと、キッチンへ向かう。

お洒落なアイランドキッチンは、リビングと同様に恐ろしくすっきりしていた。流し台と対面になっている壁沿いの調理台に、コーヒーメーカーとトースターがある。そこに、カップと皿、砂糖とミルクにバターの容器、食パンの袋が揃って置いてあった。

……ほんとに甲斐甲斐しい。

私が探さなくて済むように、纏《まと》めて置いてくれていたとしか思えない。ここまで準備してくれたなら、トーストもいただくことにした。パンを焼いている間、カップにコーヒーを淹れて飲みながら待つことにする。

それにしても、黒木さんは実はとっても世話焼きなのだろうか？　考えてみたら、彼は社長秘書をしているのだ。面倒見がよくなければ務まりそうにない気がする。

焼けたパンにバターを塗り、それを冷蔵庫に戻してから、パンを載せた皿とコーヒーのカップを手にダイニングテーブルに行く。

黒木さんの向かいの椅子に座ると、彼はちらりと視線を上げて私を見た。

「あ、あの。いただきます」

「どうぞ」

「何から何まで、本当にすみません」

改めて頭を下げると、手を合わせてパンをいただく。ひとくち食べて、一度止まった。

あまりに、そのひとくちが美味《おい》しくて。

耳の部分はカリッとしていて、中身はふんわり。そして、仄《ほの》かに甘みがある。バターもコクがあって、上等な品だと思う。

つい夢中でもぐもぐと食べ進めて、最後のひとくちをじっくりと味わっていると、喉を鳴らして笑われた。

「……なんでしょうか？」

「いや。なんでも顔に出る奴だと思って」

「美味《おい》しいです。ありがとうございます。どこのパン屋さんか教えてほしいです」

正直にそう言うと、出勤途中の店らしい。後で教えてもらうことにした。

「あ、それより、昨日の食事代なんですが」

勉強代に私が払うことになっていた。それが冗談か本気かは知らないが、昨日は私の愚痴を聞くために黒木さんが付き合ってくれたようなものなので、やはり私が払うかせめて折半にするべきだと思う。しかし、私には払った覚えがない。黒木さんが、私のバッグから財布を出して払ったということも考えられるけど、その可能性はないような気がしていた。

「私、払ってないですよね？　黒木さんが立て替えてくれたんなら、金額を教えていただけたら私が払います」

「いや、いい」

「そんなわけにはいかないです」

なんせ、金曜の夜はいつも奢《おご》ってもらっている。それはまあ、下僕の仕事なので遠慮はしないが。

昨夜は無関係だし、むしろ迷惑をかけたのはこっちなのだ。

黒木さんは、私が引き下がらないと知ると頬杖をついてしばらく思案した後、にこりと笑った。

「別の方法で、返してもらいたい」

――別の方法。

そう言われた時、私はちょっとやらしい方法を言われるのではと身構えた。だが、その内容はなんてことはなかった。

日曜も家で仕事をしているから、朝から食事を作りに来い、ただそれだけ。

つまり私に自宅がバレたなら、とことん使ってやろうという意図かもしれない。

いやだなあ、もう。紛らわしい言い方をしないでほしい。でもだって、そもそも最初が「アレ」だし、勘違いしても仕方ない。穢《けが》れた思考回路は、きっと黒木さんに毒されてしまったんだと思う。

だがよくよく考えれば、黒木さんがあんなことをしたのはあの夜一度だけ。多分、不審な近づき方をしてきた私を警戒してのことだ。

飲み物に何か入れられたのだから、そりゃ誰だって警戒する。

それきり特に演技以外で触れてくることもない。きっと黒木さんにとって、私はまったくの対象外なんだろう、女として。

……それはそれでなんか悔しいような？

複雑な気持ちを抱きながら、私はせっかくの日曜日に、朝から黒木さんのマンションへ向かうのだった。

午前九時三十分。もう黒木さんは起きているだろうか。

「何が食べたいとか言ってくれないから、適当に買ってきちゃったけど」

エコバッグがふたつ、ずっしりと重い。最寄り駅から黒木さん宅のある高層マンションまで歩く。途中に早くから開いているスーパーがあり、そこで買い物を済ませてきた。

気後れしそうな広々としたマンションの入り口には車寄せがあり、その向こうにセキュリティゲートがある。

その前で、黒木さんの部屋番号を押し呼び出そうとしたら、タクシーが車寄せに停まった。住人なら、先に通したほうが迷惑にならないだろうと中に入るのを待っていると、タクシーから見覚えのある人物が降りてきた。

「……た、」

高輪社長⁉

眠そうにあくびをしながら、ドライバーがキャリーバッグを下ろすのを待っている。

私が漏らした声が聞こえてしまったのか、高輪社長がちらりとこちらに視線を向け「あ」と私を指さした。

え、どうして、社長が私を知ってるの？

まさか黒木さんと同じで、全社員の顔と名前を覚えている？　それとも黒木さんから何か聞いているってことだろうか……下僕として。

タクシーのドライバーからキャリーバッグを受け取った社長が、にこやかに歩いてくる。真っ直ぐ私に向かって。

ちょっと待って！　プライベートで社長と遭遇した時の挨拶《あいさつ》なんて、どうしていいかわからない！

悩んでいる間に、彼は私のすぐ目の前に立った。

「どうしたの？　こんな朝から。黒木に用？」

とてもフレンドリーに話しかけられ、慌てて深々と頭を下げる。

「あ、あの、総務の天沢佳純です。はい、黒木さんに呼ばれてて……」

「そうか。じゃあゲートを開けてあげるよ」

ピピッと暗証番号を入力し、ゲートを開けてくれる。そのまま一緒に中に入れてくれた。それだけでなく、エコバッグをひとつ持ってくれる。社長に荷物を持たせるなんてとんでもないと恐縮したけれど、返してくれなかった。

「俺、監視されすぎだと思わない？　秘書と同じマンションで部屋も隣なんて」

「隣なんですか」

「そう」

ロビーを歩きながら軽口を叩く。社長の人柄が随分気さくで、緊張しながらもどうにか受け答えができた。

エレベーターに一緒に乗り込み、押した階は黒木さんの部屋と同じだ。隣だというのは本当らしい。

「だから、君がこの間お泊りしたことも知ってるよ」

ぎくっと肩が跳ねた。

「ち、違うんです、あの日は、私が酔っ払ってしまっただけで」

慌てて言い訳をする。そういえば、恋人のフリをしてるだけだと社長は知っているのだろうか。説明済みだとは思うが、ちゃんと確認していないことに気がついて、下手《へた》なことは言えなくなった。

結局それ以上言葉が続かず、口を噤《つぐ》む。社長はその間、くすくすと笑いながらエレベーターの階数表示のパネルを見上げていた。

「翌日朝から出張なのに、仕事用のスマホを会社に忘れてしまってね。取りに行ってくれたはずの秘書からは夜中になっても連絡がなくて、隣に行ってみたら女の子の靴が玄関にあったから驚いたよ」

「……すみません」

何がすみませんなのか自分でもよくわからないが、なんというか謝るしかない気持ちだった。

「別に謝ることはないよ。珍しいなって思っただけで」

「珍しい？」

「はい、着いた」

ポンと電子音がして緩やかにエレベーターが停まった。先に社長が歩き出してその後を追いかける。すぐに黒木さんの部屋の前に着いたので、話は途中で終わってしまった。

ドアフォンを押して、数十秒で出てきてくれた黒木さんは、思い切り顔を顰《しか》めていた。

わー、すごい眉間の皺《しわ》だ。

「……なんでお前が一緒にいる」

黒木さんの視線は、なぜかまだ私の隣に立っている高輪社長に向いている。

「酷いなあ、貴兄。マンションの前で佳純ちゃんに会ったから、ここまで連れてきてあげたのに」

社長は普段、黒木さんのことを「貴兄」と呼んでいるらしい。

社長は持ってくれていた私のエコバッグを、黒木さんに差し出した。それを受け取りながら、黒木さんが社長を睨《にら》む。

睨《にら》んだよ。普通、社長のほうが立場は上じゃないのかな？　それなのに、さっきから「お前」とか言ってしまっているけど大丈夫？

このふたりの本当の力関係を、目《ま》の当たりにしてしまった。

「出張からは昨日のうちに帰ってくるはずじゃなかったか？」

「ちょっと観光してきただけだって」

「変な女に引っかかってないだろうな」

高輪社長は黒木さんと話しながら、キャリーバッグの持ち手に引っかけていた紙袋を、黒木さんに差し出した。

「はいこれ、お土産《みやげ》ね。京都の金平糖《こんぺいとう》」

黒木さんへのお土産《みやげ》が、金平糖《こんぺいとう》。

思わず目を丸くしていると、社長が私を見て笑う。

「こんな怖い顔して似合わないけど、この人、結構な甘いもの好きだから」

「そうなんですか」

意外だと思いながら反射的に頷いていると、急に手に提げていたエコバッグが軽くなる。手元を見ると黒木さんが私の手から引き受けようとしているところだった。

「早く中に入れ」

「え、はい。あの」

高輪社長に〝失礼します〟と会釈《えしゃく》をしようとしたのだけれど、それより先に黒木さんに手を引かれて部屋の中に連れ込まれる。

「あ、貴兄、俺も一緒に」

社長の声を遮《さえぎ》るように、容赦なく背後でドアの閉まる音がした。

……よかったのかな？　社長なのに。お土産《みやげ》ももらったのに。

「……あれ？　でも甘いもの好きって、コーヒーはいつもブラック……」

ふと思い出してそう呟くと、すぐに黒木さんから「コーヒーに砂糖はいらん」と返ってきた。

どうやら、こだわりがあるらしい。

「社長とお隣さんなんですね」

「監視役をさせられてる」

「あの、私のこと、社長にどう説明してるんですか」

買い物袋に入ったものをキッチンに運びながら尋ねる。

「別に、何も言ってない。いちいち報告する必要もないしな」

「……そうなんですか？」

黒木さんが私に恋人のフリをさせているのは仕事に関係しているはずだから、てっきり報告していると思っていた。

「社長は私のことをご存じだったから、てっきり」

「スマホを取りに来させたら女物の靴に気づいて、面白がって寝室を覗いて帰っていっただけだ」

「えっ……それって……っ！」

服は⁉　ちゃんと着てた⁉

さあっと青ざめる私に気づいて、黒木さんがにやっと笑った。

「脱がせる前だ。心配するな」

「そ、それはよかったですけど、よくないです……！」

酔っ払った寝顔を見られた事実は変わらない。最悪だ、もう、しばらくは絶対にお酒は飲まない。

荷物を冷蔵庫に片づけるところまで手伝ってくれた黒木さんは、すぐに書斎にこもってしまった。

「……さて、と」

ひとりになって、さっとリビングを見回した。

今日私に課せられたミッションは、黒木さんの仕事を邪魔しないように部屋の掃除と食事の用意をすることである。

まだ昼食の準備には早いので、先に掃除をすることにした。それにしても、この部屋には本当に物がない。まるで仮住まいのホテルのようだとちらりと思う。

多分、よく使うものだとか大事なものは、全部書斎にあるのだろう。とりあえず、リビングから掃除機をかけ始める。

実は今日、ちょっとだけ下心があった。

隙を見て、あの日撮られた動画か写真を消してしまいたかったのだが……恐らく無理だろう。

そもそも、データを保存しているであろうスマートフォンやパソコンは、全部書斎の中だ。それに、黒木さんに限ってロックをかけてないわけがないし、すぐにデータを消せるような場所に保存しているとも思えない。

まあ、最初に脅《おど》されて以降、動画や写真について黒木さんから何も言われていない。だから本当に撮られたのかちらりと疑問に思ったりもする。

私が下僕として従順にしているからなのかもしれないが。

掃除を終えて昼食の下ごしらえも済ませ、することもなくなったのでコーヒーを淹れて書斎のドアをノックする。

「あの。コーヒー淹れました」

扉越しに声をかけると、部屋の中から「リビングに行く」と返事があった。

ソファに座ってコーヒーを飲む間も、黒木さんはずっとタブレットを見て時々何か操作をしている。

仕事中なら仕方ないとは思うのだけれど、あまりにもこちらに無反応で私は居心地の悪さを感じながらリビングの隅で立ち尽くしていた。

手持ち無沙汰でそわそわしている私が目についたのか、黒木さんが手を止めて顔を上げた。

「あ、あの」

「なんだ。突っ立ってないで座ればいい」

そう言って黒木さんがテーブルの上に置かれていた金平糖《こんぺいとう》の袋を私のほうへ近づける。社長のお土産《みやげ》の金平糖《こんぺいとう》だ。封は開いていて、さっきから時々黒木さんが口に入れていた。

食べてもいいってことらしい。おずおずと黒木さんの向かいのソファに座る。それから袋に手を伸ばして、金平糖《こんぺいとう》をひとつ取った。

「あ。美味《おい》しい」

金平糖《こんぺいとう》なんて子供の頃以来だけれど、ころころと口の中で転がしているとほんのり優しい甘みが広がる。黒木さんのほうは、口に入れる度に噛み砕いているようだが。

タブレットに再び視線を落とした黒木さんが、微かに口を動かして金平糖《こんぺいとう》を咀嚼《そしゃく》しているのを見ていると、気づかぬうちに気持ちが和んでいたようだ。

こんな風にソファを勧めてくれたり一緒に金平糖《こんぺいとう》を食べたりしていると、黒木さんも案外いい人なんだなと思えてくる。

……いや、待て。落ち着いて。

いくら酔っ払って迷惑をかけたからって、いい人が恋人でもない女を、日曜の朝から呼び出して掃除させたり食事の用意をさせたりするわけないから。

今私、この状況に馴染《なじ》んでなかった？　うっかり下僕扱いに慣れてきている？

軽く頭を振って背筋を伸ばす。先日泥酔したお詫びは、これで十分だろう。あとは、黒木さんに昼食を食べさせれば任務完了……のはずだ。

「あの。お昼の準備はできてますし、お掃除も終わりました」

思い切って声をかけたら、黒木さんが視線だけ私に向けた。

「そうか」

「なので、あの」

「ありがとう、助かった」

「あ、いえ」

……ど、どういたしまして？

勢いをつけて言ったはずなのに、あっさりとお礼を言われて驚いた。しゅるしゅるとまた勢いを削《そ》がれてしまう。

もう、帰りたいのだけど。

なぜか言いづらい空気になり、どうしたものかと悩んでいると、タブレットに視線を戻した黒木さんが言った。

「午前中で仕事を終わらせておきたい。あと少しで済むから、昼食を食べたら出かけよう」

「は？」

出かけるなんて聞いてない。そんな私の反応を気にもせず、彼は相変わらずタブレットを見たままだ。

「えっと、どこに？」

「買い物。必要なものがある」

……わかったよ、わかりましたよ！　つまり荷物持ちってことですねー！

どうやら今日一日、私はとことん使い倒されるらしい。

私の作ったクリームパスタを、黒木さんはなんの文句も言わずに食べてくれて、そこはちょっとほっとした。明らかに舌が肥えていそうなので心配だったのだ。私ひとりなら、なんだパスタかって思われそうだけれど、私としては頑張ったほうだ。私ひとりなら、休みの日の昼食なんてインスタントラーメンで十分なのに。

その後、黒木さんの黒い車に乗せられて連れてこられたのは、青山《あおやま》の表参道《おもてさんどう》だった。

いや、ちょっと待って、私、こんなところを歩けるような格好してないんですけど！

「こういうところに買い物に来るなら、先に言っといてくれたらいいじゃないですか！」

自分だけかっこよくしてて、それが本当にむかつくわ！

思わず声を荒らげたが、黒木さんは「言わなかったか？」とすっとぼける。結局私は、青のデニムパンツと白のカットソーというなんの飾り気もない普段着で、いつもなら絶対に入らないドレスショップに連れ込まれた。

「いらっしゃいませ」

上品な装《よそお》いの女性店員が、黒木さんを見てそれから私を見る。そしてすぐに視線を黒木さんに戻した。主導権があるのはこっちだと即座に判断したのだろう。笑顔を崩さなかったのは、さすがだと思う。

「彼女のドレスを頼む。靴も一緒に、似合いそうなものを」

「え」

「かしこまりました。どのようなシーンでお使いですか？」

「会社の式典だ。あまり華美じゃないものがいい」

私の存在をまるっと無視して会話が進む。いやそれよりも、彼は今、なんて言った？

「し、式典のドレスをなんで⁉」

「俺と一緒に出てもらうからな。式典の後の立食パーティからでいい。美味《うま》いものが食えるぞ。ほら行ってこい」

「わっ」

とんっと背中を押されて、私は営業スマイルを一切崩さない女性店員の前に突き出された。

「これも聞いてません！」

「ああ、今言った」

「どうぞお嬢様、こちらへ」

お嬢様なんて初めて言われた。って、そんなことに一瞬でも照れている場合か。

私は笑顔の女性店員に店の奥にあるフィッティングルームに連れていかれた。そこで、好みの色やデザインを聞かれたと思ったら、次々とドレスや靴がフィッティングルームに運び込まれてくる。

友人や親戚の結婚式でも、こんないいものは着たことがないと思うような、繊細で派手すぎない、上品なドレスばかりだった。

うっかりときめきかけて、慌てて気持ちを引き締める。美味《おい》しいものや美しいものは嬉しいけど、絶対それだけのために私をパーティに引っ張り出すわけじゃないよね！　一体何をさせる気だ！

嫌な予感満載の中、私に抗《あらが》う術《すべ》はなく着せ替え人形になること約一時間。

煙ったようなピンクのワンピースは落ち着いて見えて、まったく派手に感じない。袖《そで》のない膝丈のシンプルな形だが、生地《きじ》に重ねられた繊細なレースのおかげで地味すぎることもない。それに合わせて、黒のクラッチバッグとパンプスも用意された。

あれやこれやと着せ替えられた結果、一番よさそうなワンピースドレスを着たまま、黒木さんの前に出た。

「黒木さんと関わるようになってから、心の叫びが激しくなったような気がします……」

じっと恨みがましい目を向けながらそう言うが、彼に応《こた》えた様子はまったくない。

「言いたいことがあれば言えばいいだろう」

「言い負けるし言う隙がないし！」

「よく似合ってるな。これにしよう」

「……ぐぅ」

おだてられて、あっさり何も言えなくなってしまう自分がちょろすぎる。彼は店員さんに何か指示をして、アクセサリーを持ってこさせている。

パールとシルバーでバラの花をイメージしたようなネックレスが、店員さんの手で私の首元に飾られた。

……すごく、可愛い。可愛いけど。

「アクセサリーなら、私も持ってます」

「そうか?」

「大丈夫です」

ワンピースだって、すごく高そうだ。私は当然出すつもりはない。だがこれ以上、黒木さんの出費に上乗せさせるのも、こちらの弱みになりそうで嫌だ。

ぶすっと膨れたままの私の顔を鏡越しに見て、黒木さんがにやりと笑う。店員さんがなぜか空気を読んだように、離れていった。

「そんなに嫌か?　パーティに出たいという奴のほうが多いのに」

「普通に出るなら嬉しいですけど、絶対何かありますよね?」

創始者グループや関連会社のお偉いさんが集まるパーティだ。恋人のフリをさせられている私が、黒木さんに伴われてそんなところに出席すれば、周りにどう思われるかわからない。フリは半年だけのはずなのに……ちゃんと何事もなく元の関係に戻れるのだろうか。

私の未来は一体どこに向かっているのか不安でいっぱいだ。

「まあ、理由はあるが」

「ほらやっぱり！」

涙目になる私の肩に、ぽんと手を置いて彼は言う。

「諦めろ」

「やです」

後ろには店員さんが立っているのに、耳元に唇を寄せまるで恋人を宥《なだ》めるような仕草で囁《ささや》かれる。思わず身を竦《すく》めてしまいながらも、私は即反論した。

羞恥心《しゅうちしん》もあるが、今はどうしても警戒心が先に立つ。

「他に欲しいものはあるか？　ついでにプレゼントしよう」

や、優しい声を出したって、無駄ですよ！

「普段着ない服をもらっても」

つんと素っ気なく言うと、彼は突然後ろにいる店員さんを振り返った。

「申し訳ない、彼女が普段着で連れ出されたのを怒って機嫌を直してくれないんだ。今から着て帰る服も適当に見繕《みつくろ》ってくれ」

「なっ！　ちょっ」

「かしこまりました。ふふ、仲がよろしいのですね」

「こっちは機嫌を取るのに必死だ。よろしく頼む」

にこやかに店員さんと微笑み合っている。

「ち、違う、別に服はもういらないって……！」

「優しい彼氏さんでいいですね」

「ひ、人をまるでワガママみたいにっ……！」

しかし私の言葉はまったく店員さんに通じず、またしてもワンピース数枚と一緒にフィッティングルームに引きずり込まれたのだった。

その後、比較的シンプルなネイビーのワンピースを勧められ、違和感なく外を歩くことができるようになった。ドレスショップに街歩き用の服なんてないだろうと思っていたけれど、少なくとも元々着ていた服よりはずっといい。

黒木さんがふたつ肩に引っかけている横長のショップバッグのひとつは、式典用のドレスと靴、もうひとつは私が着てきた服が入っている。

こんなことなら、荷物持ちのほうがずっと気が楽でよかったと黄昏《たそが》れながら思う。

「次はどこに行くんですか」

どうせ私の言うことなんて聞いてくれないので、もうどうにでもしてくれという諦めモードで尋ねた。

「特に決めていないが、甘いものは好きか」

「好きなのは黒木さんですよね」

車を駐車している方向へ歩きながら、可愛らしいオープンカフェが目に入る。黒木さんの足は真っ直ぐそこへ向かった。

「本当に甘いものが好きなんですね」

彼はブラックコーヒー、私はアイスティーのストレート。彼が選んだスイーツはシンプルなシフォンケーキだが、添えられたたっぷりの生クリームをぱくぱくと口に運んでいる。

「無性に糖分が欲しくなる時はあるな」

「それって、頭を使いすぎて疲れた脳が糖分を欲しているだけで、別に甘いものが好きなわけじゃないって言いたいんでしょうか」

私は生クリームの山にフルーツが彩《いろど》りよく添えられたパンケーキを食べながら、言い返した。「悪魔」と噂される中身の黒い人が実は甘党でしたなんて、似合わなすぎてびっくりだ。ギャップ萌えなんて言葉があるが、こうして目の前で見ると違和感が拭えない。

だって、夢中で食べているのに無表情にしか見えないのだ。そういえば、金平糖《こんぺいとう》も黙々とガリガリ食べていた。

どうせならばもうちょっと美味《おい》しそうに食べられないものだろうか。

スイーツを前に目を輝かせる黒木さんも、あまり想像できないが。

つい観察しているうちに、先に食べ終わった黒木さんがフォークを置いて背筋を伸ばした。カップを取りコーヒーを飲む所作が洗練されていて、一瞬目を奪われる。

この人が、もしも本当に私の彼氏だったら……

ちらりとそんなことが頭を過《よぎ》って、自分自身に驚いた。けれど、黒木さんがただ怖いだけの人ではないということを、私は理解し始めていた。

怖いのは、仕事に関することだからだ。きっと恋人や友人や、自分が気を許した相手には優しい人なのではないかと思う。

わかりやすい優しさではなくても、きっと面倒見はいい。だって、私にすらなんだかんだ甲斐甲斐しいところがあるし。

じっと見ていると、黒木さんと目が合った。

「どうした?」

「あ、いえ。なんでもありません」

見つめてしまっていた気まずさに、目を逸らして店内を見回した。

お洒落な内装の店内には、やはり女性客が多い。近くの席の女性が、ちらちらと黒木さんに視線を向けてくる。やっぱり、この人は社内でなくても目立つのだなあと思った。

確かに綺麗な人だが、それだけじゃない。なぜか目が離せなくなるような、存在感がある。一度視界に入ったらそのまま目で追ってしまいそうな感覚は、私にもよくわかる。

そんな人の隣にいるのは、なんだか気が引けてしまう。

居心地の悪さを感じてため息をつくと、気を取り直して止まっていた手を動かした。

パンケーキを食べ終えて、フォークを置いた時だった。ふいに店内の話し声の中に知った声が交じっている気がして、自然と声のほうへ目を向ける。

店の入り口付近で、今入ってきたらしい三人の女性のうちのひとりに、ぎょっとして声を上げそうになった。

……い、いい井筒先輩っ⁉

やばい、と思った次の瞬間、咄嗟《とっさ》に身体が動いてしまう。中腰になり正面に座る黒木さんの頭に手を伸ばし強引に伏せさせた。

「……おい、なんの」

「しっ！　静かにしてください、隠れて」

急に頭を押さえ付けられた割には落ち着いた声だったが、不審げに眉間に皺《しわ》を刻んで睨《にら》まれる。が、そんなことには構っていられない。

さっと店内を見回す。私たちの近くには、空《あ》いているテーブルはない。少しだけ顔を上げると、井筒先輩たちはひとつ隣の通路を通って少し離れたテーブル席へ案内された。観葉植物や他の客のおかげで、頭さえ低くしていればどうにかやりすごせそうだ。

「おい」

再び声をかけられて、私は「あっ」と声を上げてから慌てて彼の頭から手を離した。まだ押さえ付けたままだった。

「すみません、でも、頭を低くしててください。向こうの席に井筒さんが」

彼は店の入り口に背を向けていたし、私に頭を押さえられていたから気づかなかったようだ。井筒先輩のほうを指さすと、ちらりと視線を向けて軽く目を見開いた。が、すぐに私を見て首を傾げる。

「……どうして隠れる必要がある？」

「面倒なんです、本当に、色々と！」

今の私たちを彼女が見たら、デートをしているように見えるだろう。お付き合いが順調に進んでいると思われたら、今度こそ高輪社長とダブルデートをセッティングしろとか言い出しかねない。困る、絶対に嫌だ。

私の計画としては、先輩をのらりくらりと躱《かわ》しつつ、黒木さんに解放されたところで「飽きられました」と言って終わらせるつもりだった。

「とにかく、隙を見てお会計して店を出ましょう」

「そこまでする必要があるか」

「あるんです！」

問答無用で言い切って、ちらちらと井筒先輩の様子を窺う。数分後、先輩がトイレに向かったのを確認して私たちは席を立った。

レジで会計をしている間もヒヤヒヤする。かといって店員さんを急《せ》かすわけにもいかない。

「ありがとうございましたぁ」

「ご馳走さまでしたっ」

明るい笑顔が可愛い店員さんにお礼を言いつつ、黒木さんの背中を押した。店を出る前に、どうしても気になってつい後ろを振り向いてしまう。

ちょうど井筒先輩がトイレから出てきたところだった。

――あ。

まずい。すぐに前を向いたけれど、遅かっただろうか。気づかれたかどうかはっきりしない。ただ、井筒先輩の顔は確かにこちらを向いていた。

「ああ、どうか気づかれていませんように……！」

早く店から離れたいと足早に歩きながら、両手を合わせて祈っていると隣からとても呑気《のんき》な言葉が聞こえてくる。

「お前はどこか行きたいところはないのか」

「ありません。一刻も早く帰りましょう」

このままこの近辺をうろついていては、どこかでまた彼女たちに遭遇するかもしれないじゃないですか！

「待て、俺は買い物がしたい」

「私はしたくないんですってば！　だったら日を改めてひとりで来てください」

「せっかく出て来たのに？」

どうして私が帰りたがっているか、黒木さんにわからないはずはない。それなのに、やけに食い下がるなあと不審に思って隣を歩く黒木さんを見上げれば、ちょっと口元がにやついていた。

わざとかー！

「嫌がってるのをわかってて言うの、やめてくださいよ！」

「何を嫌がる？　社内の人間に見られたからって今更だろう」

「それはそうだけど、あの人は本当にややこしいんですってば！」

私の焦る顔を見て面白がる黒木さんは本当にいい性格をしていると思う。いつかバチが当たればいいのにと本気で呪いたくなった。


ぐずぐず言っている黒木さんの背中を押して車に乗ってもらい、マンションに戻ってきたところで、やっと気が抜けた。この部屋でほっとできる時がくるなんて驚きだ。

しかし、どさどさとショップバッグをふたつソファに投げ置いた黒木さんが、急に井筒先輩の話を振ってくる。

「井筒を、どうしたい？」

質問の意味がわからなくて、私は瞬《まばた》きをして黒木さんを見た。彼はダイニングテーブルの傍に立つ私に、真っ直ぐ近づいてくるところだった。

「えっ、どうって……？」

「井筒が総務課の中で持て余されている厄介者だということは、わかっている。君も随分振り回されているようだしな」

「はあ……まあ、それは、そうです」

訝《いぶか》しみながら頷いた。本当にあの人には迷惑しかかけられていない。でも、だからといってどうしたいかと言われても、答えに困る。

黒木さんは傍まで来ると、私の正面に立つ。それほど近いわけじゃないけれど、手を伸ばせば届きそうな距離で彼を見上げれば、なんとも言えない威圧感があった。

見上げていると、黒木さんの言葉が続く。

「井筒の父親が、うちの人事部長と繋がっている」

「あ、そうなんですか。どうりで……」

傘下の会社の社長令嬢だからコネ入社だという噂は聞いていたけれど、具体的なルートは知らなかった。人事部長が絡んでいるなら入社も簡単だったろうし、ふざけた勤務態度でもクビになることはないだろう。とても納得した。

だけど、黒木さんの意図することがわからない。どうしたいなんて、私に聞く意味があるのだろうか。もしどうにかできるとしたって、黒木さんが私のためにそんなことをする理由はどこにもないのだ。

黒木さんは人事部長をどうにかしたいのかもしれない。そのついでに、ということだろうか。

「ちょうど、こちらで考えていることとも重なるしな。処理できないことはない」

不穏な言葉に驚いて、言葉に詰まる。黒木さんが、会社のために何かしているのは察していたけれど、具体的なことまでは私は知らない。

この会話ではっきりと伝わってきたのは、人事部長と黒木さんがいい関係ではないということだ。

それを私に話してよかったのだろうか。

しかも、私が井筒先輩をどうにかしてほしいと頼めば、できる、と。

「えっと……」

困惑しながら見上げた黒木さんは無表情で、感情が見えない。

会社としての処分ならともかく、私が井筒先輩をどうにかしてと頼んでしてもらうのは、個人的なことにならないだろうか？

考えたのは数秒、確かになんとかしてもらえたら大変助かるのだが。

「大丈夫です」

きっぱりとそう言うと、黒木さんの無表情がちょっと動いた。ぴくりと目元が反応する。

「総務課内で特に迷惑を被《こうむ》ってるのは天沢だろう」

「それはまあ、そうなんですけど。嫌な人はどこにでもいるし、上手《うま》く逃げるのもいなすのも仕事のうちなので、それができないのは私の技量不足かなって」

大体、どうにかするって、辞めさせるとかしか思えない。いくら井筒先輩がおバカで恋愛脳で頭がお花畑だからって、さすがに人生に関わるようなことが私のひとことで決まるのは違う気がした。

会社的に必要な処置なら、黒木さんや高輪社長みたいな権限と責任のある人がするべきだろうし、私が判断することじゃない。

「私は私の仕事をするだけですから、問題ないです。お気遣いいただいてありがとうございます」

たとえ仕事のついでとはいえ、気にかけてくれたことはありがたい。きっちりとお辞儀をして、それから顔を上げて笑ってみせる。すると、お仕事鉄人モードの無表情が今度はくしゃりと崩れた。

「人がいい上に要領も悪い」

呆れたような、毒気を抜かれたような顔だった。むっとして反論する。

「余計なお世話です。すぐ馬鹿にする人よりマシですから」

すると、意外な言葉が返ってくる。

「心外だ。馬鹿にしたわけじゃない」

「嘘ばっかりです」

「俺は天沢に嘘を言ったことは、……あるな」

あるんですか。でもそれ、わざわざ言わなくてもいいのでは？

開いた口が塞がらない。彼は悪びれもせず、ふざけた様子でもなかったが、やっぱり馬鹿にされているような気がした。もとから信頼関係があるわけではないのに、ちょっとだけ傷ついてしまった自分がいる。それが、悔しい。

「じゃあ、黒木さんの言葉はもう信じません」

睨《にら》みながらそう言っても彼が動じるわけはなく、ほんと憎たらしい。それどころか、更に言葉を続けてくる。

「無理だな、天沢は俺でなくても簡単に騙《だま》されそうだ」

「なっ、またそうやって」

頭に血が上った私は、黒木さんが腰を屈《かが》めて顔を近づけていることに気がつかなかった。

「……馬鹿にはしてない。ただ」

ぼそっと小さな声でそう聞こえた時には、視界は黒木さんでいっぱいになるくらい近くなっていて――

心臓が跳ねる。息と一緒に時間も止まったような気がした。

真っ黒な目が、私を真っ直ぐ射抜いてくる。それだけで、私は身動きを封じられたように、指一本動かせなくなった。そして、彼の目が更に近づいてくるのを黙って見ていた。

「危なっかしい、本当に」

囁《ささや》くような声を聞く。視線を絡めたまま、ふわりと唇に吐息がかかり、柔らかい何かに啄《ついば》まれた。

――危なっかしいから？

その言葉と、今の行為に繋がりがあるように思えない。軽く唇を啄《ついば》んだだけの一瞬のキスだったけれど、彼の唇は少し離れただけでまだすぐ傍にある。

「……いつか悪い男に捕まるぞ」

笑ったような声がして、目が少しだけ細められて三日月になる。それはまさに『悪い男』そのもののように見えた。

胸が苦しくなって息を止めていたことに気づき、咄嗟《とっさ》に口を開けて息を吸い込む。再び唇が触れたのはほぼ同時だった。

「んっ……」

今度はすぐには離れず、唇を食《は》むようにして触れ合う。それだけで産毛《うぶげ》が逆立つような感覚が全身に流れた。

ただ唇が触れただけなのに、どうしてこんなに身体が反応するんだろう。

何が起きているのか私は現実味がないまま、ただ瞬《まばた》きだけを繰り返していた。ふと頭に浮かんだことといったら。

——そういえば、キスはしてなかった。

あの最初の夜に散々なことをされたのに、唇にキスをしたのは今が初めてだった。

唇を優しく、続けて何度も啄《ついば》まれて、ジンと頭の芯が熱くなる。きゅっと目を閉じてしまったら、尚更キスの感覚が鋭くなった。

柔らかく濡れた舌に唇の内側を優しく撫でられると、ぞくりと背筋が震えて肩を竦《すく》める。

どうしよう、脚の力が抜ける。すると、見計らったように黒木さんの左手が私の腰に回され引き寄せられた。その拍子《ひょうし》に顎《あご》が上がり、キスがより深くなる。

互いの舌先が触れて、それでようやく固まっていた身体が逃げを打とうとした。けれど、いつの間にか私の首筋に添えられた黒木さんの右手に阻止される。

顔を逸らそうとすると、指で耳朶《じだ》を撫でて宥《なだ》められた。キスが解ける度に追いかけてくる唇は、優しく小さな悪戯《いたずら》を窘《たしな》めてくる。

決して強い力ではないのに、逆らえない。舌先を舐《な》められながら耳を弄《いじ》られると、もうだめだった。頭がまともに働かない。

「それ……やっ」

「ん？」

「ゆび……やめて……っ」

キスの合間に息をして、どうにか抗議したけれど、めちゃくちゃだ。やめてほしいのは指じゃなくて、キスのほうだ。そのはずだ。

唇を合わせたまま、ふっと彼が吐息で笑った。

「わかった」

そう言ったくせに、全然わかっていない。指先が位置を変え、耳孔の入り口をくすぐる。

「んんっ」

ぞくぞくして思わず零れた小さな喘《あえ》ぎ声は、黒木さんに呑み込まれた。膝が震えて立っていられなくなりそうで、近くにあるはずのテーブルを探して私の手がさまよう。

やっとその手がテーブルに触れた時、かくんと脚の力が抜けて唇が離れた。かろうじて立っていられたのは、どうにかテーブルに凭《もた》れることができたのと、腰を支える黒木さんの手があったからだった。

乱れた息のまま見上げると、なぜか黒木さんまで目が覚めたような顔をしていた。それでいて、瞳の奥には確かな熱が見え隠れしている。

その目と見つめ合うと身体の奥が甘く疼《うず》いて、自分ではまるで制御が効かないことに怖くなった。少し背を逸らして、彼から遠ざかる。すると、私の首筋を支える手にぐっと力が入った。

びくんと私の肩が震える。薄く開いた彼の唇が濡れているのに気づいて、かあっと全身が熱くなった。

「か……、帰ります」

上手《うま》く力が入らない手で、どうにか黒木さんの身体を押す。手のひらに伝わってくる体温が生々しくて、今すぐにでも逃げ出したい衝動に駆られた。

黒木さんの息遣いが微かに乱れている意味を考えようにも、頭がまったく働かなかった。

数秒の沈黙の後。

「……わかった。送ろう」

掠れた声でそう言われるが、私は慌てて、若干噛みながら言った。

「だ、だだいじょうぶです！　まだ明るいし！」

これ以上引き留めるつもりはないのか、彼の腕から難なく逃れる。私は目についた自分のバッグを掴んで、俯《うつむ》いたまま深々と頭を下げた。

「それでは、失礼します！」

とてもじゃないけど、今は黒木さんの顔を見られなかった。顔中が熱いし目も潤《うる》んでくる。なんでこんなことになったのか、頭の中が沸騰していて何もわからない。

私は足元を見たまま、何か言いかけた黒木さんの声を振り切って部屋から逃げ出したのだった。


黒木さんが後を追ってくる気配はない。それでも気づけば、足は勝手に早歩きから小走りになっていた。

――な、な、なんでこうなった？

ぐるぐると眩暈《めまい》がするほど考える。気を失うほど繊細にはできていない自分を恨めしく思った。

もっともっと酷くて濃厚なことをとっくにされているのに。

初めてされた唇へのキスを、何か意味のあるもののように捉《とら》えてしまいそうな自分が嫌で……

私は必死に駅までの道を走り抜けたのだった。

6　悪い男の代名詞

インターフォンが鳴り、すぐさま玄関のドアを開けた。立っていた人物と目が合って、眉間に力が入る。そこにいたのは胡散臭《うさんくさ》い笑顔の隣人、征一郎だった。

「貴兄、なんかあった？　彼女が真っ赤な顔して走ってったけど……俺にも気づかず」

征一郎はそれから、俺の顔を見て足元を見て、また俺を見る。

「……本当に、何があったの」

靴も履かずに、訪問者が誰かも確かめずに開けた。それが俺らしくないと言いたいのだろう。

「……何もない」

回れ右をして惰性でドアが閉まるかと思いきや、その前に征一郎が部屋に上がり込んできた。

「なんの用だ」

「なんのって、出張の報告だけど。彼女は帰ったみたいだし」

慣れた調子で入ってきて、ソファに座った征一郎はやはり興味津々《きょうみしんしん》な顔でこちらを見ている。俺はそれには気づかないフリをして、向かいのソファに座った。

「報告があるなら早く言え」

「……機嫌悪いなぁ」

「言わないなら帰れ」

そう不愛想に告げる。よほどの不測の事態がない限り、俺が報告を聞く必要はないのだ。

征一郎は軽く肩を竦《すく》めると、関西出張の報告をつらつらと述べ始めた。

それを適当に聞き流す。未熟な征一郎の足元を固める作業は、予定より早く終わりを迎えようとしていた。これからは経営に関することは俺に聞かず、自分で考えてもらいたい。

あと残っている一仕事が、例の人事部長の件だった。自分の都合のいいように、職権乱用甚《はなは》だしい人事。だが、古くから経営に携わる人物であり、社内だけでなく関連会社にまで彼の人脈は広がっていた。

その悪縁をひとつひとつ絶ち、こちらにとって都合のいい人物を介して結び直しを図り、あとひと息というところまできた。

人事部長が最も懇意に……と言えば聞こえはいいが金を渡して融通《ゆうずう》を利《き》かしてもらっているのが子会社の社長である井筒の父親だった。

古狸《ふるだぬき》ふたりの縁を切れば、やがて井筒の父親の会社は弱体化する。だが、その程度なら娘のほうにまでさほど影響はない。後ろ盾に力がなくなり社内での風当たりは強くなるだろうが、それでも娘の状況がすぐに変わることはないだろう。

――だから、言ってやったのに。

頭に思い浮かんだ、能天気な笑顔に苛々として膝頭を指で叩く。

『大丈夫です』

本当に大丈夫な奴は、媚薬《びやく》を盛った後始末をさせられたりしない。

『嫌な人はどこにでもいるし、上手《うま》く逃げるのもいなすのも仕事のうちなので、それができないのは私の技量不足かなって』

確かにそれはその通りだが、まったく逃げきれていない上に、あの女は確信犯だ。

『私は私の仕事をするだけですから、問題ないです。お気遣いいただいてありがとうございます』

問題しか見えん。一方は自分の給料以上の労働を強要され、もう一方は給料泥棒状態。それなのに、人事部長の威光で総務課長は何も言えないでいる。

理不尽に脅《おど》され都合よく俺に使われているのだから、その見返りだと思って頼めばよかったのだ。要領が悪いにも程がある。

そもそも、ここまで彼女と関わるつもりなどなかった。

最初の思惑と、まったく違ってきている。

情報集めとあぶり出しに役立ちそうだったのは確かだが、いい罰にもなるかと思った。彼女に恋人のフリをしろと言ったのは、どちらかといえば罰の意味合いのほうが強い。

誰かに弱みを握られ利用される、そんな目に遭えば少しは反省するだろう、そう思った。

職場の先輩に振り回されているばかりでは、いつか取り返しがつかないことに巻き込まれる可能性がある。酒に薬物を入れたことにしても、相手が俺だったから大事《おおごと》にならないで済んでいるのだ。

少し痛い目を見たら、天沢も余計なことまで手助けしようと思わなくなるだろう。ついでに自衛手段を覚えることができれば、彼女にとっても悪いことばかりではなくなる。

「貴兄、どうした」

「なんでもない。続けろ」

征一郎の話を聞き流しながら、額《ひたい》に手を当てて俯《うつむ》いた。浮かぶのは、間近で見た大きく見開かれた目。驚くばかりのその目を見て、込み上げてきた感情に流された。

苛立ちのようにも、焦燥感《しょうそうかん》のようにも思える。その感情に煽《あお》られて、衝動を抑えることができなかった。

天沢は人がよすぎるのだ。警戒しながらも結局は騙《だま》されるし、手助けするべきではないと思っても最後には手を貸す。

ただ搾取《さくしゅ》されるだけの彼女を見ていると、苛々した。その苛立ちをぶつけるみたいに彼女を構い、からかうと、手ごたえのある反応が返ってきて少し溜飲《りゅういん》が下がる。

今日もその延長のはずだった。だが、唇にキスをしたのは、無意識に身体が動いた、衝動のようなものだった。

衝動に駆られた無意味な行動など初めてで、だからつい、その意味を考えてしまう。

「以上だけど、これでよかった？」

無駄な世間話が多い報告がようやく終わり、意識を征一郎に戻して顔を上げた。返す言葉は決まっている。

「いいんじゃないか？　今度の式典に関西の連中も来るから、しっかり根回ししとけよ」

「酷いなあ、もうすっかり興味はないって顔だ」

征一郎はそう言うが、会社経営なんてものは、結局のところ積み重ねた経験からくる勘とセンスだ。それ以外にできることといえば、人脈と情報。それに関しては数年かけて手助けをした。もう俺がこの会社ですることはほとんどない。

「俺はもとから、この会社に興味はないぞ」

「ひでー。お土産《みやげ》買ってきたのに」

テーブルの上にある金平糖《こんぺいとう》の紙袋を引き寄せて、征一郎が覗き込む。それから「あれ？」と声を上げた。

「数がおかしくない？　もう食ったの？」

ショップバッグの中に入っていた金平糖《こんぺいとう》は、三色に色分けしてそれぞれ包装されてあった。みっつあったうちのひとつは、天沢のバッグの中だ。

「天沢にひとつやった」

「ふうん」

「なんだ」

「いや別に」

何か言いたげな征一郎の相槌《あいづち》に睨《にら》みを利《き》かせると、さっと目を逸らしてショップバッグから手を離す。

しかし、意味深に緩んだ口元はそのままで、それが癪《しゃく》に障った。

「なんだ、言いたいことがあるなら言え」

「じゃあ聞くけど、あの子、どうするつもり？　式典にまで連れて行って」

最初から聞くつもりだったに違いないと思うくらい、間髪《かんはつ》を容《い》れずにきた質問に、俺のほうが一瞬返事に迷った。

「……別に、どうするつもりもない」

考えた末にそう答えると、征一郎が芝居じみた仕草で肩を竦《すく》めた。

「かわいそー」

「なんなんだ、さっきから。何が言いたい」

「真っ赤になって逃げてったよ。振り回されて可哀想に」

確かに振り回しているが、別に俺に振り回されたところで大した害はないのだ。少々噂になっても、そんなものは時間が経てば消えるものだし、いつまでも井筒に振り回されているよりは、俺に鍛《きた》えられて反撃できるようになったほうがいいだろう。

反論しようとして、ふと脳裏に浮かんだのは、逃げ出す直前の彼女の顔だ。征一郎の言う通り、真っ赤だった。あの顔を見ると、ついからかいたくなってしまう。

「悪い男にからかわれて、捨てられるのかあ」

「人聞きの悪いことを言うな。それに、天沢は、さっさと俺から解放されたいと思っているさ」

自分がいい男だとは言わないが、もっと悪い男になろうと思えばいくらでもなれるのだ。ただ、その必要は感じないから適当なところで逃がしてやるつもりでいる。

何しろ、俺に頼ろうともしない奴だ。そう思えばまた苛々してきて、今すぐにでも天沢の顔が見たくなった。

明日、いつものようにカフェテリアでからかってやろう。顔を真っ赤にして目を白黒させる彼女を想像して、口元が緩む。

それを見た征一郎が「こっわ」と呟いたのは、聞かなかったことにした。

そうして翌日。昼休憩に入って十分後、天沢からメッセージがスマートフォンに届く。ちょうどカフェテリアに向かう途中だった。

《今日は急な約束が入りまして、外でランチになりました。申し訳ありません》

「……逃げたか？」

想定内でもある。だが、ここ数週間昼食の時間を独占していたのも確かで、本当に断れない約束が入ったのかもしれない。

わかった、とひとことだけ返信して、そのままカフェテリアに向かいひとりで食事をした。どんな約束も断って必ず来い、と強制するつもりはない。

しかし、翌日の火曜日も同僚と深い話があって、と二日連続でキャンセルされる。

「……逃げたな」

大体同僚と深い話ってなんだ。もうちょっとマシな言い訳は見つからなかったのか。ここで電話やメッセージで問い詰めてもいいが、彼女の顔が見えなくては面白くない。

昨日と同じく、ひとことわかったと送っておいた。これはこれで、天沢もなぜ俺が何も言わないのかとヒヤヒヤしていそうな気がする。

そんな顔を想像すれば、つい口元が緩む。そして俺は、二日連続ひとりでカフェテリアに向かった。さて天沢は、この状況が周囲にいらぬ憶測をさせるということに、いつ気づくだろう。

ほとんど毎日、べたべたと必要以上にいちゃつきながらテーブルにいたのだ。どうしてひとりなのかと、周囲は不思議に思うに違いない。最初はひとりかふたり気にする程度かもしれないが、連日となるとさてどうなるか……

今日もひとりでテーブル席に着き、案の定ちらちらと飛んでくる視線を無視してコツコツとテーブルを指で叩く。こうしているだけでも、『痴話げんかか、早々に破局したのか』と噂が勝手に回り始める。

それがいつ、天沢のところまで届くだろうか。

そして天沢は、一体いつまで逃げるつもりなのか。

数日くらいなら誤魔化せると思っての行動かもしれない。だが、天沢は弱みを握られていると思っているから、このまま逃げ続けることはないはずだ。

そう思っていた水曜日、昼休憩を終えて仕事に戻り、午後の役員会議に向かう途中だった。何かの書類を持って通路を足早に歩く、天沢の姿を見かけた。

——天沢?

突き当たりの通路を横切っていく。そのまま気づかずに行くのかと思いきや、不意に彼女がこちらを向いた。

目が合った途端に、びくっと肩を跳ねさせて大きく目を見開く。

何もそんなに、怯《おび》えることはないだろう。

その馬鹿正直な表情の変化に、噴き出しそうになった。本当に、裏表のない奴だなと思う。固まったその表情で、この二日間のメッセージがやはり俺を避けるための嘘だったのだとすぐにわかった。

知らず口角が上がると、また天沢の肩が跳ねる。声をかけるには若干遠く、そちらへ近づこうと足を進めた、その時だった。

距離があってもその変化がわかるくらい、みるみると彼女の顔が真っ赤に染まっていく。

思わず出した足を止めてしまい、その一瞬の隙に彼女は、目の前から走って消えた。こちらが声をかける暇もないくらいあっという間のことだった。

まさか、あれほどの全速力で逃げられるとは思わなくて、呆気に取られた。せいぜい赤い顔できゃんきゃんと文句を言われるか、睨《にら》まれるかくらいだと思っていたのに。

あんな、あからさまに俺を意識しているような顔をされたら、どうすればいいのかわからない。

「うわー、かーわいい。かわいそー」

背後から征一郎のからかうような声が聞こえた。そのすぐ後に、ひょいと横顔を覗き込まれる。そうだ、こいつがいたんだった。

「ああいう子、あんまりからかったらダメだと思うよ」

「社内で軽薄な口調で話すな。誰が聞いてるかわからない」

そう言い返して、歩を進める。彼女が消えたエレベーターのほうへ曲がったが、もちろんそこにはもう天沢の姿はなかった。階段を使ったのかもしれない。

「そんな緩んだ顔をした人に言われたくないけどな」

ぼそりと呟かれた言葉に、咄嗟《とっさ》に口元を押さえた。だが、その仕草そのものが迂闊《うかつ》だったと直後に気づく。

唇の端に力を入れて手を下ろすと、隣でにやける従弟《いとこ》を睨《にら》んだ。

「別に、ただからかっているわけじゃない」

「最初はね。でも、もう必要ないんじゃないの。式典に連れてって大丈夫？　女の子は期待するでしょ、後々さ……」

「期待？　天沢は、せいせいしたと言いそうだけどな」

俺がこの会社を去った後のことを征一郎は言っているのだろう。俺がいなくなったと知れば、天沢はほっとして元の生活に戻るはずだ。

何事もなかったような顔をして、井筒の尻拭いをさせられながら、調子のいい周囲に腹を立てつつも不器用に笑うんだろう。

そう思うと、勝手に眉間に力が入った。

……それはそれで、面白くない。

「無自覚って、こわいなー」

隣で征一郎が呟いたところで、エレベーターが到着した。

「あ、そうそう。そういえば井筒のお嬢様だけど」

無人で到着したエレベーターにふたりで乗り込む。扉が閉まったと同時に征一郎がふと思い出したように言った。

「今日の昼、社外で人事の腰巾着とふたりでいたよ」

人事の腰巾着とは、人事部長が可愛がっている部下の古河《ふるかわ》だ。見た目もよくて人当たりも優しく、女性社員に人気がある。だが、長い物に巻かれるタイプ。つまり、俺とは正反対の人種だ。

「今のところ、お嬢様が佳純ちゃんに無理を通してくる様子はない。彼女からこっちの情報を引き出そうとしてくるかと思ってたけどね」

古河と井筒。

揃うと、ろくなことをしそうにないな。

かといって、このふたりに『できること』など高が知れているだろう。それならば、としばらく自由にさせて様子を見ることにした。

なにせ、大抵の根回しはほぼ完了しているのだから。

征一郎からの情報を気にしつつ、相変わらず逃げ続ける天沢をどうやって捕まえようかと思っていた木曜日。

急遽、征一郎の会食の予定に同席しなければならなくなった。社用車に乗り専属ドライバーの運転で会社を出る。すぐに赤信号に捕まり、停車中にふと本社ビルの出入り口に目を向けた。

天沢が井筒に手を引かれて、イヤイヤ歩いているのが目に入った。

「佳純ちゃんだー。大丈夫？　あれ」

「……適当にあしらうくらいはするだろう」

本当は、今夜確保するつもりだったのだ、予定さえ入らなければ。

今夜の会食の相手は、高輪とは長い付き合いの取引先の会長だ。会食は征一郎ひとりで問題ないはずだったが、向こうから俺の同席を求めてきた。それを蔑《ないがし》ろにするわけにはいかない。同席の理由が、相手方の厚意であるから尚更だ。

致し方なく天沢の確保を諦めた。

……それに。

井筒のことで俺の手助けは必要ないと、彼女が言ったのだ。そんな下手《へた》くそな生き方に、もどかしさを感じていたとしても。

信号が青に変わり、車が走り出す。その時、もう一度ちらりと彼女の横顔を見た。自分は大丈夫だと言いながら、騙《だま》されやすいのも彼女だ。

……問題はないかと、連絡くらいはしておいてもいいかもしれない。

「では、一緒に仕事ができるのを楽しみにしております」

「こちらこそ。まずは近々ご挨拶《あいさつ》に伺います」

料亭での会食を終えて、相手を店先まで見送りに出る。会長が伴ってきたのは、アメリカ金融業界でトップに立つ企業の役員だった。向こうで事業を起こすなら心強い人脈になるだろう。

会長たちの乗った車が角を曲がるのを待って、上着のポケットからスマートフォンを取り出し、着信を確認する。

天沢には、会食前にメッセージを送っておいた。既読がつかないまま会食の時間になり、その後は確認できていなかったのだが、ひとことだけの返信がきていた。

『大丈夫です』

そのたったひとことが、妙に気になる。俺が送った『問題ないか』に対する返事なら、『何がですか？』などと返してきそうな気がしていた。

いや、俺が気にしすぎているだけだろうか。

今の自分が『らしくない』ことは、さすがにわかっているので、ついそういう可能性も考えてしまう。

「あー、疲れた。どっかで飲んで帰る？　明日祝日だし」

征一郎が片手を上げて伸びをしながら言った。

「いや、俺は帰る。飲みすぎるなよ」

適当に返事をしながら、スマートフォンをしばらく眺める。考えた末に、もう一度メッセージを送ることにした。

井筒の名前を出せば、意地になって、なんでもないと言いそうな天沢だ。送信する内容を考えて一瞬手を止める。すると遠慮なく征一郎が手元を覗き込んで言った。

「あ、佳純ちゃん？　返事あった？」

「大丈夫だそうだ」

とりあえず実際あった返事をそのまま伝える。すると「本当に？」と単純な征一郎にしては疑うような素振りをみせた。

「何か気になるのか？」

「いやだって、最悪のふたりが揃ってたしさ」

その言葉に眉を寄せる。『最悪のふたり』とひと括《くく》りにするのはいかがなものか。

「最悪なのは井筒であって天沢は鈍くさいだけだ」

「わかってるって。だから心配してるんだけど。古河も一緒だったから、佳純ちゃんひとりじゃ……」

「何？」

聞き捨てならないことを聞いて、思わず征一郎の言葉を遮《さえぎ》る。

「古河も一緒にいた？」

「あれ？　貴兄のとこから見えてなかった？　ふたりの後ろにいたよ。多分見間違えじゃないと思うけど……」

俺には、天沢と井筒のふたりしか見えなかった。

「どうして黙ってた」

思わずイラついた声が出る。だが、征一郎は軽く肩を竦《すく》めただけだ。

「貴兄からも見えてると思ってただけだって。それに、どっちにしろ今夜の会食は外せなかったし」

確かにそうだ。征一郎の言うことは間違っていない。ましてや、本当に何かあるとは限らないし、天沢が質《たち》の悪い人間と一緒にいたからという理由だけで、大事な会食を放り出しては行かなかっただろう。

それでも八つ当たり気味に舌打ちをして、メッセージではなく通話を選ぶ。

少々嫌な思いをしたとしても、何もないならそれでいい。ただ、はっきりさせないと俺が落ち着かないだけだ。

中々通話が繋がらず、鳴り続けるコール音を聞きながら征一郎を見る。店の外を指さして言った。

「車はお前が使え。俺はタクシーで帰るから後は頼む」

「えっ」

残っているのは女将《おかみ》へ礼を言うのと支払いくらいだ。スマートフォンを耳に当てながら店ではなく大通りへ歩き始めた俺に、征一郎の声が追ってきた。振り向くと、征一郎はにやにやと腹の立つ笑みを浮かべている。

「貴兄、今自分がどんな顔をしてるかわかってる？」

とんとんと自分の眉間を指さす征一郎を無視して、今度こそ大通りを目指して歩く。いつまでたっても通話に切り替わらず、一度切ってタクシーを探した。

征一郎に言われなくても、わかっている。多分、今の俺は最高に凶悪な人相になっているだろう。わかっていても落ち着かないのだから仕方ない。

連絡が取れないことには、天沢がどこにいるのか正確な場所がわからない。あの時、歩いていた方角から考えて、三人が行くとすれば最寄り駅の繁華街辺りか。とりあえず一番可能性が高いところから当たっていくしかない。

その時、天沢から着信があった。

「天沢？」

『……もしもし』

今どこだ、とすぐに聞こうとして、一瞬声が出せなかった。そういえば、随分久々に声を聞く気がする。

『すみません、すぐに出られなくて。何かありましたか？』

何かあったか聞きたいのはこちらのほうなのに、天沢の言葉に拍子《ひょうし》抜けする。

……いや、だが。

声が聞けたのだから問題はないかとそのまま流しかけて、思い直した。素直に助けてほしいと言わないのが天沢だ。

「今どこにいる？」

天沢の質問は無視して質問する。同時に、通話口の向こうの雑音に耳を澄ませた。人の多い場所にいるのか、小さく複数人の話し声が聞こえてくる。

どこかの店か雑踏だろうか。勢いで聞いたものの、天沢は何かあるなら余計に言わないような気がした。だが、意外にも素直に答えが返ってくる。

『会社の近くの、居酒屋です。居酒屋ひょっとこ』

「……ひょっとこ」

……ひょっとこ？

そんな店、あったか？

検索すればわかるだろうがそれよりも、天沢が酷くおとなしいことが気になった。

「誰といる？」

『その、途中まで井筒先輩も一緒にいたんですが、なんか急に帰ってしまって。古河さんって方とふたりになってしまって』

ぽそ、ぽそと言いづらそうにしているが、それでも口にしたということはそれだけ天沢の手に余る状況なのだと判断した。

というか、一体何があってその状況なのか。

『よく知らない人と個室にふたりになってしまって、帰るタイミングを見計らってたところなんですが』

「帰れそうか？」

『挑戦してみます』

「いやいい。そのままトイレにでも入って閉じこもってろ。十五分くらいで行く」

タクシー乗り場を見つけて、すぐに近寄る。通話が切れる直前、戸惑ったような天沢の声が聞こえた気がした。

順番を待つほど混んでなくて助かった。タクシーに乗ってとりあえず先に駅名を告げる。検索してみると店はすぐに見つかった。運転手に改めて場所を説明し、できるだけ近いところに着けてもらうよう頼む。

――よく知らない人と個室にふたりになってしまって。

よく知らない人間がいるのにのこのこついて行くな！

イラッとするものの、天沢のことだから井筒に押し切られたのかもしれない。

たやすく脳裏にその様子が思い浮かんで、早く行かなければと気が急《せ》いた。

――今自分がどんな顔してるかわかってる？

ふと征一郎に言われた言葉が思い浮かんで窓に視線を移す。車窓に今の自分の顔がはっきり映っていた。

苛々している自覚はあった。しょうもない人間にいちいち構うからだと呆れてもいる。だが窓に映る顔は苛立ちより、焦りが色濃く表れていて思わず片手で口元を覆《おお》った。なぜだか見ていられずに窓から目を逸らす。

冷静に考えれば、本当に何かあるかもわからないのに、わざわざ俺が出向く必要などないのだ。いい大人だし、放っておけばいい。

けれど行き先を変えることなくタクシーは進み、天沢に告げた通り約十五分で店の二十メートルほど手前で停車した。

「お客さん、すみません。この先道幅が狭いのに車通りが多いんで」

申し訳なさそうな運転手に「構わない」と短く返事をして支払いを済ませた。店まで足早に歩きながら天沢に電話をかけるが、中々出ない。

ちゃんとトイレにこもっているんだろうな。

なんとなく嫌な予感がして、落ち着かない。

『居酒屋ひょっとこ』なんていう名前から、赤ちょうちんがぶらさがっているちょっと古びた居酒屋を想像したが検索で出て来た画像は違った。焼き木目板で装飾した店構えに、大きな一枚板に「ひょっとこ」とだけ書かれた看板が下がっている洒落た居酒屋だった。

恐らくあの辺だろうかと道の先を見る。

目測した辺りに古河を見つけて咄嗟《とっさ》にその周囲に目を走らせた。

俺の前を歩いていた人間が古河の向こうへ抜けたことで、天沢の横顔が見えた。古河に腕を掴まれていると気づいて、チリリと頭の芯が焼けるような感覚を覚える。

苛々が瞬時に跳ね上がった。

急速に距離を詰める間、古河はこちらに気づく様子はない。だが天沢はきょろきょろと周囲を見渡し、俺と視線がぴたりと合って動きを止めた。

トイレにこもっていろと言っただろう、と後で説教をしてやらなければいけない。だがしかし、それよりもまず古河の手を放させるのが先だ。

そんなことを考えていた俺の顔は、きっと見るからに不機嫌だったろう。だが、いつものようにビビるかと思っていた天沢は、視線が合った瞬間、ほっと安堵したように表情を緩めた。

その表情に意表を突かれ、毒気を抜かれる。

天沢と関わるようになってから、何度そんな心境になったかわからない。

「どうしたの？　遠慮しなくてもちゃんと送って行くし……」

間近まで近づいて、ようやく古河の声が俺の耳に届いた。

「結構だ」

被せるようにそう告げると、古河が驚いた顔でこちらを向いた。途端に表情を強張《こわば》らせる。そのくせ、手はまだしっかりと天沢の腕を掴んでいた。

「彼女が世話になったな」

「え、あ……！　く、黒木さんがお迎えに来られるなら余計なお世話でしたね。なんだあ、連絡ついてるならそう言ってくれたら」

古河が顔色を青くしながら、額《ひたい》にどっと汗をかきつつ言い訳をする。

「言ったじゃないですか」

「え、嘘、ほんと？　俺酔ったかなぁ、なんか頭が」

「手を放してもらっても？」

更に一段声を低くして言うと、びくっと肩を跳ねさせて古河の手が放れた。天沢の手が珍しく縋《すが》るように俺のスーツの袖《そで》を掴む。

ふっと自らの口元が緩むのを感じた。

……ああ、そうか。唐突に、このところずっと自分の中で渦巻いていた感情に折り合いがつく。

放っておけない。つい構う。身近にいなければ腹立たしい……

だったら傍に置けばいいのだ。

そこらの悪い男にあっさり引っかかるのが目に見えているなら、俺で構わないだろう。

「佳純、遅くなって悪かった」

名前で呼べば目を見開いて、それからすぐに赤くなる。その表情に満足しながら、柔らかそうな頬に手を伸ばした。

7　嫌じゃないから困ります……！

私は今、大ピンチに陥《おちい》っている。

この人が来ると電話で言ってくれた時、ほっとしてしまった自分がいた。そしてすぐに、戸惑い。黒木さん相手にどうして安心するの、という自分に対する戸惑いと、もうひとつ。

……え。どうして来てくれるの。

困っていたのは本当だけれど、助けてとも何も言ってないのに黒木さんのほうから行くと言ってくれたことに驚いて、反応もできないまま通話は切れてしまった。

どういうこと。本当に来るの？

だって、黒木さんが来る理由が見つからない。私がまたしても、井筒先輩のせいでよくわからない状況に陥《おちい》っているというだけで。

だから黒木さんを雑踏の中で見つけるまでは、半信半疑だった。電話の時と同じようにやっぱりほっとしたのはどうしてだろう。

「佳純、遅くなって悪かった」

この人に名前を呼ばれると、顔と言わず全身が熱くなって、息が苦しくなる。

古河さんといたほうが心臓は健康状態を保てていたのに、息苦しくなるはずの黒木さんが来た途端安心してしまったなんて、本当にどうかしている。

この一週間弱、ずっとこの意味不明の症状から逃げ回っていた。あの日、唇にキスされてからずっとだ。

一度、理由をつけて毎日のランチの約束から逃げてしまうと、ついついその後も逃げ続けてしまった。ずっと通用するとは思っていないけれど、だって仕方がないではないか。

黒木さんのことを考えただけで、心拍数がおかしくなるし血圧もヤバい気がする。

健康が阻害されてしまうんです！

もう少し、とりあえずものが考えられるように落ち着くまで、待ってほしい。

びくびくしながらランチのお断りメッセージを送ると、いつも返ってくるのは短い了承の言葉のみ。最初の二日はその度にどっと力が抜けるくらいほっとした。

安心はしたけれど悔しい。私はこんなにわけのわからない状態になっているのに、黒木さんはいつも通りなのだから。

もしかしたら、キスのことなんてすっかり忘れているのかもしれない。彼にとっては、唇にキスしたことなんて、大した意味なんてなかったのだ、きっと。

は、腹立たしいわ……！

もし社内で会っても、絶対いつも通りの顔をしてやると決意した水曜日、書類を届けに来た先で、黒木さんとばったり遭遇してしまう。

顔を見た瞬間、全速力で逃げてしまった。

彼は、追いかけてこなかった。ランチの約束を断っても文句を言ってくることもないし、本当に私ひとりだけが狼狽《うろた》えているみたいだ。

する。

……なんか、痛い。

ずきずきと胸の奥が、意味不明の痛みを訴えてきた。焦りのような、いてもたってもいられない気持ちが湧き上がってくるけれど、次に顔を見てもやっぱり私は逃げる気がする。

自分の心の中のことなのに、さっぱり対処法がわからなかった。

とりあえず、逃げ切れるだけ逃げ切ろうと思っていた木曜日。

井筒先輩に捕まった。息抜きにテイクアウトのコーヒーを買おうとカフェテリアに向かったら、後ろから井筒先輩がついてきていたのだ。

「ちょっと！　あんた今、どういう状況？　休みの日にあの冷徹眼鏡とデートしてたわよね？」

誰が聞いてるかわからない社内でなんてこと言うんだ、とぎょっとする。

「大きい声でなんて呼び方してるんですか！」

慌てて口の前に人差し指を立てたが、井筒先輩は気にしない。

「みんな似たようなあだ名作って勝手に呼んでるわよ。それよりどうなの？　上手《うま》くいってるなら、いい加減約束を果たしてもらおうと思ってるのに」

約束なんて一切していないが、先輩の中ではしたことになっているらしい。つまり高輪社長との接点を作れってことだ。

「……すみません先輩。やっぱり無理かと……」

「どうしてよ？　デートしてたから上手《うま》くやったんだと思ってたら、今週はいつもふたりでランチしてたカフェテリアに冷徹眼鏡ひとりしかこないし。遂にあんたが逃げたって、噂になってるわよ」

「は？」

いや、逃げてるのは間違いないけれど。

え、黒木さん、ひとりでカフェテリアに？　なんで？

私と行くようになる前は、カフェテリアで黒木さんを見かけたことはない。彼が普段仕事をしている執務室からカフェテリアが離れているからだ。それなのに、わざわざひとりで来ていたら、そりゃ変な憶測をされてもおかしくない。

「まさか、ほんとに別れたんじゃないでしょうね？」

「何言ってるんですか、別れるも何も……」

付き合ってすらいないんだってば！

怖い顔で追及してくる先輩に反論しようとして、言葉が続かずため息が出た。何をどう言えばこの人は納得するんだろう。そもそも、私と黒木さんが顔を合わせた経緯を知ってるはずの井筒先輩が、どうして私たちが付き合っていると本気で思えるのか。この人の頭は本当に男女のアレコレしかないのか。

うんざりしているうちに、ぐいぐいと腕を掴まれて人の少ない廊下の奥まで連れて来られた。本当に、参ってしまう。

「先輩、仕事中ですよ」

「何よ、休憩しようと思ってきたんでしょ？」

「そうですけど、あまり席を離れすぎるのはダメですって」

この人に何を言っても通じないことは、経験上身に染みている。だが私は不本意なのだということを、先輩にも周囲にもわかっておいてもらわなければいけないので、ちゃんと自己主張はしておく。

「だったら、今晩、ちょっと話を聞かせなさいよ」

「……先輩。もう、はっきり言わせてもらいますが……社長は、無理です」

多分、高輪社長は、結構、遊んでいらっしゃると思う。口調や雰囲気からなんとなくそう感じた。

もしかしたら、一夜のお相手とかなら社長は引っかかってくれるかもしれない。でも、その後責任を取るタイプではない気がした。

何より、社長の害になりそうな相手を、黒木さんが放っておくはずがない。どんな醜聞も消し炭にしそうだ。だから、黒木さんは最初からそんなことにならないように、滅多な女を社長に近づけさせないのだろう、恐らく。

「先輩は、結婚相手を探してるんですよね？　だったら社長は無理です。どうしてもって思うなら、自力で近づこうとするよりお父様にお願いされたほうがまだ可能性ありますって」

「……それができるなら、こんなまだるっこしいことしてないっていうの」

「はい？」

ぼそっと呟いた先輩の声は、低い声だったせいか上手《うま》く聞き取れなかった。

「とにかく、今夜は付き合って。紹介したい人がいるのよ」

「はあ？　紹介ってどういう……」

「心配しなくても、今回は私もちゃんと一緒に行くわよ」

井筒先輩の話は、いつも唐突でこっちが戸惑っている間に決まってしまう。じゃあね、と私の返事も聞かずに先輩は立ち去ってしまった。

応じる義理はないが、断ると後々面倒くさくなる。だが、井筒先輩の紹介なんて嫌な予感満載で、つまり行っても行かなくても面倒なことに変わりはないのだ。

ぶっちゃけ、無視してもよかったのだけれど。

——近づいてくる人間がいたら、教えてほしい。

黒木さんに言われた言葉が頭に引っかかっていた。だから、一応、どんな相手かくらいは確かめておこうと思った。

決して、考えなしにのこのこついていったわけではない！

終業時刻と同時に井筒先輩がやって来た。こうなったら定食屋で夕食がてらか、カフェでお茶くらいに持ち込みたい。そうすれば、短時間で済む。

それなのに、井筒先輩が既にお店を予約していた。『居酒屋ひょっとこ』という店名を聞いて赤ちょうちんが揺れるがやがやした雰囲気を想像したのだが、予想に反して小綺麗な外観だった。焼き目板の店構えがとてもお洒落な真新しい居酒屋で、会社の近くにこんな店があったのかと驚いた。

先輩が予約していたのは、四人掛けの小さな個室だ。相手だけ確認して、適当にお茶を濁《にご》して帰るという雰囲気ではなくなってしまった。

「こちら、古河さん。知ってるわよね？」

テーブルを挟んだ向こうに、井筒先輩とその古河さんとやらが座っている。知っている前提で紹介されても困るのだが……え、知っていないとおかしい人なの？

社内で黒木さんばりに名を知られた人なんだろうか？

「人事の古河です。あんなこと言われたら知らないって言えないよな」

どう返事をしようか悩んでいると、古河さんがにこっと微笑んでそう言った。人のよさそうな笑顔だ。それに、整った顔立ちをしている。もしかして、女性社員に人気がある人なのかなと、少し納得がいく。

……私は知らないけど。申し訳ないことに。

「お会いするのは初めてですね。総務の天沢と申します」

知らないことはぼやかして、部署名と共に名乗って軽く頭を下げる。すると彼は、両手を組んでテーブルに置き、上半身を乗り出してきた。

「俺は天沢さんを知ってるよ。あの黒木さんの彼女だろ。すごいよなぁ」

よほど私に……というより、噂の黒木さんの彼女に、興味があるのだろう。目がキラッキラしている。

「あはは……いえ、そんな」

何がどうすごいのか、敢えて追及せずに笑って誤魔化した。

悪い人には見えないのだけど、こうも前のめりのテンションでこられると、なんだか腰が引けてしまう。やっぱり、適当なところでさっさと帰りたい。

「えっと、それで今日は一体どのようなご用件で？」

「うん、それね。まあとりあえず、先に飲み物を頼もうよ」

「最初はビールでいいんじゃない？」

にこにこと笑う古河さんからドリンクメニューを渡されて、さっと目を通したものの井筒先輩のひとことに頷いた。

変に強い酒を勧められるよりはいい。……が、先輩がいるってことは、妙なものを飲まされないよう自分なりに用心しておこう。

私に何か盛ったところで先輩になんの得もないはずだが、とにかく井筒先輩の思考回路は読めないのだ。気をつけなければ。

店員を呼んで飲み物と、ついでに料理もいくつか注文した。ビールとお通しがすぐに届いて、結局なんの集まりかわからないまま乾杯させられた。

人当たりのいいイケメン、おそるべし。

「ちょっと、だし巻き卵頼んでくれてないじゃない！」

「ああ、ごめんごめん。次、料理が来た時に頼んどくよ」

ぶーぶーと文句を言う井筒先輩を、古河さんは上手にあしらい苦にはなっていないようだ。そんなふたりを見ていて、随分仲がいいなと思った。

え、これって、もしかして。

約束を果たしてもらうとか言ってたけれど、この人と付き合うことになったから、社長のことはもういいわ、とか、そういう展開……になってくれないかな？

ちょっと期待してしまうくらいに、ふたりの空気は馴染《なじ》んでいる。少なくとも、昨日今日知り合ったという感じではない。

「あの、おふたりって、もしかして……」

会話の合間にそう尋ねてみると、反応はそれぞれだった。先輩は「は？」と顔を歪《ゆが》めて、古河さんは数秒きょとんとして私を見る。それから声を上げて笑った。

「いやいや、俺と井筒ちゃんはそんなんじゃないから。ただ付き合い自体は長いからさあ」

「変な詮索しないでよ、冗談じゃないわよ」

どうやら、色気のある関係ではないらしい。ちょっぴり……いや、ものすごく残念だ。

じゃあ一体、どうして私はこの人に引き合わされたんだろう？

正直私は、人から話を聞き出すとか、そういうことがあまり上手ではない。それに、黒木さんや高輪社長のことで探りを入れられたりしたら、上手《うま》く誤魔化す自信もない。だから下手《へた》にこちらから話を振るよりも、向こうの出方を待つことにした。

しかしながら、それもそう簡単にはいかなくて……

お酒が進んでも、出てくる話題は雑談ばかり。精神的に疲れてきたところに、賑《にぎ》やかな着信メロディが鳴った。

「あ。電話。ちょっと出てくるわ」

一番挙動に注意を払っていた先輩が席を外したことで、少しだけ気が抜けた。

せっかくの休前日の夜なのになんで私は、こんなに疲弊する時間を取らされているんだろう。

思えばこの時、一瞬でも気を抜くべきではなかった。そう後悔したのはそれから僅《わず》か数分後のことだった。

「彼女も大変だよねえ。父親に、絶対高輪社長をたぶらかしてこいって、かなりプレッシャーかけられてるみたいだよ」

古河さんの話は井筒先輩が席を外している間、かなりぶっちゃけたものになった。高輪社長を狙っていることを知っていて、それを隠すことなく、私も知っている前提で話を振ってくる。このふたりの関係がますますわからなくなってきて、私はどういうスタンスでいればいいのかさっぱりだ。

「たぶらかすって……親がそういうこと言うものなんですか」

「色々あるんだよ。彼女の父親は、最初社長派じゃなくて弟の常務を推す派閥にいたからさ、今は挽回するのに必死なの。彼女も乗り気なのは間違いないけどね」

「はあ……」

先輩も色々大変なんだろうな、と少し同情……しかけたが、いやいや、だからって媚《び》薬《やく》盛るのはどうかしてるから。

「……でも、いくらグループ企業の社長令嬢でも、総務の一員に社長をたらしこめっていうのは、無茶ぶりのような気がしますが」

「本当は秘書課に入れたかったんだろうね」

古河さんがそう言った。それには酷く納得できる。

どっちにしろ、はた迷惑な親子だなあと思いながら、話に付き合うのが面倒になってきてバッグに手を入れる。普段、こういう席ではスマートフォンは見ないようにしているのだけれど。

「天沢さんはさ、社内の勢力図ってわかってる？」

「え？　いえ、私はあまり」

とりあえず人事部長には気をつけろと言われたのは覚えている。だから、黒木さんと高輪社長の反勢力なんだろうなと、その程度だ。

そう答えながらスマートフォンの画面を弄《いじ》っていると、黒木さんからメッセージが入っていることに気がついた。

『問題ないか』

……何が？

なんのことか、さっぱりわからない。

「あれ？　そういや井筒さん帰ってこないね」

「え？　あ、そうですね。どうしたんだろう」

古河さんに言われて顔を上げた私は、室内を見渡して息を呑む。咄嗟《とっさ》に黒木さんへ『大丈夫です』と返事をした。なんでそんなメッセージを送ってきたのか、考える余裕がなくなってしまったからだ。

なんで、井筒先輩の荷物がないの。

……いや、電話しに出ただけだよね？

私も、よく知らない人と飲む時はトイレに立つ時でもなんでも、必ずバッグは持っていく。井筒先輩もきっと同じ理由で持って出たに違いない。そう思うのに、ものすごく、嫌な予感がした。

「あ。なんかこっちにメッセージきてる。急用で帰るってさ」

「は？」

井筒先輩に関する嫌な予感って、ほぼ百パーセント的中している気がする。私は、なぜかいきなり古河さんとふたりきりにされてしまった。

冗談じゃないよ！

なんで、今日知り合ったばかりの人とふたりきりでお酒飲まなきゃいけないの⁉

これは一体、なんの策略か？

ぐるぐると頭を巡《めぐ》らせてみるけれど、井筒先輩に関しては大した理由がないように思う。あの人は基本、策略とかには向いてないと思うのだ。でなきゃあんな雑な作戦で媚《び》薬《やく》盛ったりしないから。

だけど、今日、古河さんに紹介されたのは何か意図的なものも感じた。ということは、これは古河さんも承知の状況だろうか。

「まー、じゃあふたりで飲みますか」

古河さんの声に、咄嗟《とっさ》の思いつきで無駄なあがきを試みる。

「いえ。私もそろそろ帰らないと用が」

「嘘々ー、そんな警戒しなくてもいいってー」

速攻で見破られて、ぐっと唇を噛んでいると「やっぱり」とにやりと笑われた。

「そこで黙っちゃうからバレるんだって。天沢さん、嘘つくの下手《へた》だね」

どうやら、カマをかけられたらしい。からかうように笑い続ける古河さんを恨みがましい目で睨《にら》む。

「……すみません。でも、どうして先輩が私に古河さんを紹介したのか、よくわからないままなので。できればまた先輩がいる時に」

「あ、それ、俺が頼んだんだよ。噂の天沢さんと喋《しゃべ》ってみたくて」

噂とは当然、黒木さんとセットのやつだろう。私単体に噂になるような要素はない。

「あの黒木さんを振るなんて、一体どんな美女か怖いもの知らずかと思って」

「振ってません！」

ただ逃げ回っているだけだ！

「え、じゃあ喧嘩したとか？　黒木さんと喧嘩できるっていうのもすごいね」

興味津々《きょうみしんしん》のイケメンがぐいぐい迫ってくるのが面倒くさくて、グラスを手に取る。

「えー」とか「いやー」とか言いながらビールを飲んで誤魔化そうとした。

「そっかー、じゃあやっぱ本当に付き合ってんだね」

「えっ、えー、ま、まあ」

ここはそういうことにしておかないと、後で黒木さんに怒られる。

「ランチ待ちぼうけさせても平気なくらいには愛されていると」

「愛っ……」

なぜここで、あのキスが頭に浮かぶのか。

ぼんっと顔が一気に発熱した。

「いや！　あれは、ちょっとした、行き違いがっ」

「行き違い？　やっぱ喧嘩？　ってか、黒木さんみたいな人と一緒にいるのってしんどくない？　なんでもかんでも会社の利益に換算されそうでさ。実際そうだし」

こちらがキスの記憶と顔の火照《ほて》りに混乱しているというのに、好奇心いっぱいの顔で畳みかけてくる。

どうしてそんなに黒木さんのこと知りたがるのだ。ファンか。ファンなのか。それとも足を引っ張る側の人間か。あの人のことだ、山ほど恨みを買っていてもおかしくない。

そう思うと少し冷静さが戻ってくる。これ以上下手《へた》に会話に付き合うと、ぽろっと余計なことを零してしまうかもしれない。

笑って誤魔化すのが一番か……だけど、なんとなく、これだけは言い返しておきたくなった。なぜか少しばかり、気分が悪くて。

「確かに色々厳しい方だと思いますし、難しいことも私にはわかりませんけど……そんなに、悪い人ではないです……？」

黒い人ではあるけども？

語尾がクエスチョンマークになったのは、私にも上手《うま》く説明はできないからだ。何が、私にそう思わせるのか。私との接し方、話し方。それから少しだけ見た、高輪社長との様子が頭に浮かぶ。

「……なんでしょう。天性の憎まれ役というか。損な人……？」

黒木さんの人間像を、いつしか真剣に言葉にしようと考えていた。頬に手を当て、いろんなことを思い出しひとりごとのように呟く。

損な人、ともちょっと違う気がする。黒木さん本人が、多分、周囲からの評価をそれほど必要としてないから。

きっとそういうところが、とても不遜というか、悪魔的に見える、というか。

頬杖をつきビールの泡を見ながら考えていると、「へえ……」と感心したような相槌《あいづち》が返ってきた。

「えー。マジで惚れちゃってるワケ？」

え。と驚いて顔を上げる。観察するように私を見る古河さんと目が合った。

惚れちゃってる。誰が。私が？

呆然と見つめ合った後、じわじわと頬が熱くなる。緩やかに、だけどさっきの比じゃないくらいに熱くなってきて、思わず口元を押さえた。鼓動が速くて、息が苦しい。

違う、と言葉にできないのは、恋人の演技のせいだけじゃない。

どうしてか、心が、まったく否定しないのだ。

「いやー、俺はてっきり、なんか利用されてるんじゃないかと心配で」

嘘でしょ。ほんとに？　ほんとならいつから。いつの間にか？

最初は、怖くて仕方なかったはずなのに、今は怖いよりも恥ずかしいとかムカつくとか、そんな感情のほうが強い。とにかく、黒木さんといると、いろんな感情に翻弄《ほんろう》されてしまうのだ。だから思わず、逃げ続けてしまっている。

「一筋縄でいく相手じゃないって、わかってるよね？　本当に大丈夫？」

唇にキスをされてから、顔を見るのが恥ずかしくて、頻脈《ひんみゃく》で死にそうになるから。

そのくせ、頭から離れてくれなくて、仕事に没頭しまくったおかげで、今週は私の分も井筒先輩の分も大変仕事が捗《はかど》った。来週でも十分間に合うものまで終わっている。

「天沢さんは知らないだろうけどさ、以前、黒木さんによって社長の反勢力派がごっそり処分されて、その時のやり方がそりゃもう、容赦なかったんだって。あの人、目的のためならなんでもするからね。だから俺は、君のことすごく心配しているんだよ」

古河さんが何か言ってる声が聞こえるけど、今の私はそれどころじゃない。申し訳ないが、ほとんど耳に入ってこなかった。

「はあ、ご心配いただいてありがとうございます」

とりあえず私のことを心配しているということらしいので、それだけ返事をしておく。

第一黒木さんがそういう人だってことは最初から噂で知っていたし、今更そんなことを言われたとしても動揺することはない。

いや、でも、それって私が黒木さんを好きになってしまっているからだろうか。

怒涛《どとう》のごとく脳内で考えを巡《めぐ》らせて、途中、古河さんの横やりで思考が脱線しつつも、結局その考えに辿《たど》り着く。

赤くなっていいのか青くなっていいのかわからない。

本社勤務になってから、恋愛らしい出会いはなかった。だから意識しすぎているだけかもしれない。そうでなければ、納得いかない部分もある。だって、黒木さんは私の好みのタイプとはまったく違う。もっと明るくて喋《しゃべ》りやすい、優しい人が好きだ。黒木さんは、いっつも意地悪な話し方をするし、一緒にいると緊張する。ドキドキするけど、スリルとか恐怖とかのドキドキのほうが多い。

「あ、そんな落ち込まないで。大丈夫、俺、なんでも相談に乗るし。あ、なんか甘いもの食べる？　一緒に頼もうよ！」

でも、本当は優しいんだなと、思う時も……

思考の迷路でぐるぐるしながら冷や汗をかいてる私に、何やら古河さんから慰《なぐさ》めの声がかかった。だけど私は生返事しかできずに、ひたすらぐるぐるしていた。

それがぴたっと一時停止したのは、いつの間にか注文されていたプリンを食べ終わった時だ。甘いものイコール締めってことで、そろそろお開きを告げようと思った矢先。

スマートフォンが着信を知らせて振動していることに気がついた。画面に『黒木』の二文字を見て、私はそわそわしながら店の外に出る。途中で切れてしまいどうしたものかと考えて、結局、無視することができずにかけ直した。

◇◆◇

黒木さんは、どうして連絡をくれたのだろう。もしかすると、私たちが店に向かうところを見かけたのかもしれない。そうでないと『大丈夫か』の意味がわからない。けれど、もっとわからないのは、私が何か言う前に、黒木さんの方からここに来ると言ってくれたことだ。

そんなことをしても、黒木さんにはなんのメリットもないと思うのに。

落ち着かない気持ちで一度は言われた通りトイレに行ったのだが、休前日のせいか店内はお客さんが多く、長く占拠するのは申し訳なくなった。

まあ、結論を言えば、言われた通りトイレに立てこもっていればよかった。

黒木さんから、迎えに来ると連絡があったので帰りますと伝えた途端、古河さんが何やら焦り出したのだ。しかも、さっさと逃げていくだろうと思って名前を出したのに、なぜか私を一緒に店から連れ出した。

「今日はご馳走さまでした。私はここで」

店の出入り口から少し離れたところできょろきょろと周囲を見渡す。電話では十五分で着くと言っていたから、もうすぐのはずだ。

「そんな逃げなくてもいいだろ。黒木さんには先に帰ったってメッセージ入れればいいって。あの人のこと、ちゃんと知っておいた方がいい。俺も聞きたいことがあるし」

「そんなこと言われても」

古河さんは、どうしても私と黒木さん談義をしたいらしい。けれど、私は人に話せるほど黒木さんのことを知らないし、彼の仕事に関してもさっぱりだ。それに本人がいないところでされる話にはろくなことがないと私は思っている。

見るからに聞き流す姿勢の私に、彼は痺《しび》れを切らしたようだ。親切心であれこれ言ってくれているみたいだが、この人は、どうして今日会ったばかりの人間の言葉を私が信じると思うのだろう。そんなに、私はぼんやりして見えるのか。

困惑していると、イラついたように表情を変えた古河さんに、突然腕を掴まれた。その力が案外強くて、急に怖くなってしまう。

「ちょっ、古河さん？」

「いいから、とりあえずここを離れよう」

引っ張られるような感覚があって、その場で足を踏ん張った。無意識に目が雑踏の中で、長身と、黒髪と、眼鏡を探している。

行き交う人の中、どうしてかその人を見つけるのは早かった。

……本当に来た。

姿を見ただけで、なぜだか気が緩む。近づいてくる黒木さんから、目が離せなかった。

「どうしたの？　遠慮しなくてもちゃんと送って行くし……」

「結構だ」

すぐ目の前で聞いた、低い声に安心してしまう。

「彼女が世話になったな」

本当に、どうしてだろう。

笑っていても明らかに冷笑なのに……！

怖くて仕方ないし、なんで黒木さんが助けに来てくれたのかもわからないけど、私はやっぱり、嬉しいみたいだった。

「佳純」

下の名前を呼んだ瞬間、冷笑がほんの少し柔らかくなり、私の息が止まる。

周囲に私との関係を誤解させるためだとわかっていても、艶《つや》を含んだ空気に当てられてどうしても心が乱される。慌てて目を逸らそうとしたけれど、頬に触れた手がそれを許さなかった。

「遅くなって悪かった」

「は、いっ……」

どうしよう、これはもう、認めるしかない。

顔を見た途端に、理解した。眼鏡越しに見据える強い視線は、捕まったら逃げられないと私に思わせた。黒い瞳に私の顔が映っている時点で、手遅れなのかもしれないが。

他の誰といるよりも、この人の傍がいいのだと心が決めてしまっている。だから、逃げられないのだ。

「帰っていいぞ」

黒木さんが私を見下ろしたまま言った。一瞬私に言ったのかと思ったが、ちらりと瞳が横に動いたのを見て、まだ古河さんがいたのを思い出した。

それどころか、ここは往来だった！

ぴゃっと私の背筋が伸びる。近くで、慌てた様子の古河さんが「失礼しました！」と言う声が聞こえた。

「俺はトイレにこもってろと言わなかったか？」

一気に冷気が漂《ただよ》ってくる気がした。冷や汗が滲《にじ》んで、ドキドキする。さっきと違って、怯《おび》え的な理由で。

「だだだって、トイレに何分もこもってられないじゃないですか。それに店の外に居たほうが黒木さんに見つけてもらいやすいかと思ってっ」

言い訳をしている間も、彼の手は私の顔を捕まえたままで、不機嫌そうに目を細められた。

「ええっと、それで、あの」

「なんだ」

「えっと、何か、ご用だったのでしょうか」

とりあえず話を変えて、彼に怒りを忘れさせなければ。そう思ったのに、彼はぐっと声を呑み込んで、眉間の皺《しわ》を深くする。ひい。

「あっ、あの、何か話があったから連絡をくれたんじゃないんですか」

だってそうでなくては、本当に意味もなく、古河さんから救出しに来てくれたことになるのだけども。

しかし彼は返事の代わりに、深々とため息を吐いた。

「まったく、お前はほっとくとろくな奴に捕まらないな」

「す……すみません」

別に、捕まったつもりはなかったのだが。

「私に近づいてくる人物がいたら教えろと言われてたので」

でも結局、よくわかんなかったな。部署と名前くらいで、後は適当に相手に合わせているといった感じで、話に中身がなかった。古河さんは、一体何が言いたかったのだろう。

話した内容を、一応黒木さんにも聞いてもらったほうがいいかも。

そう思って黒木さんを見ると、彼は目を見開いて私を見ていた。

「……余計なことでしたか?」

もしかして、そこまでしなくてもよかった?

ええぇ、じゃあ先輩無視してこっそり帰っていればよかった。いや、でも結局後で捕まったような気もするけど。

また骨折り損……とがっくりと肩を落とす。

「余計に手間を取らせてしまってすみません」

大体さあ。黒木さんからの情報が少ないですよ。こういう人が来たらとか、せめて基準がわかってたらやりやすいのに。

ちょっと拗《す》ねた口調になってしまったのは、致し方ないと思う。

さあ、からかわれるか、呆れられるか。しかしそういうのも嫌じゃないなと思い始めている自分が、やばい。

だけど、黒木さんの反応はそのどれとも違った。

「……いや」

「はい？」

「手間じゃない。会いに行くつもりだった」

見上げる顔は相変わらず綺麗で、今は何か複雑な表情をしていた。

「それから、そういうことはもうしなくていい」

それは、役に立たないのでもうお役御免ってこと？

ちらりと不安が頭を掠める。けれど、ぽんと頭の上に置かれた手が、とても優しいものに感じられた。

戸惑っていると、そのまま軽く頭を抱き寄せられて、額《ひたい》が黒木さんのスーツにぶつかった。目の前に、ダークスーツの胸ポケットが見える。

……え？

この状況は、どういう意味に受け取ればいいの？

「ここで話すことでもないな。場所を移そう」

まだ戸惑いが消えないまま「はい」と答えた声は、どうしてか震えて小さなものになった。


黒木さんは一体何を話すつもりなのか。

もう何もしなくていいから、明日からは赤の他人で、とか。好意を自覚した途端に失恋するのは、ちょっと辛い。

都合のいい下僕関係でいいから……いやよくない。ちょっと冷静になろう。なんで下僕志願みたいになってるの。

このところ色々考えすぎていた上に、この問題、重たい。今の疲れた頭で考えるには、重すぎる。

タクシーに乗せられて、降りたその場所でマンションのエントランスを見上げた。さすがにそこで私の足が止まる。彼が運転手に告げた住所でわかってはいたけれど、黒木さんのマンションだ。

「嫌か？」

先週、私が走って逃げ出したマンションを背に、彼が私の顔を覗き込む。

私の手を握った手が一度開いて、今度は指を絡めて握り直された。

このタイミングで、それはズルい。

ズルいと思っているのに、どうしよう。全然、嫌じゃない。

何も言葉にできない代わりに真っ赤になってしまった私を見て、彼が微笑む。優しい口調や仕草に混ぜて、そんな蠱惑的《こわくてき》な笑みを向けられたら、もう逆らえるわけがなかった。


ここはまだ、玄関だ。

「それじゃあ、聞かせてもらおうか」

「はいっ……？」

優しく聞こえるのに、なぜか有無を言わさない威力を持った声が私の耳孔をくすぐる。

部屋に入った途端、私は背後から伸びてきた腕に拘束された。お腹を抱え込む両腕は苦しくはないが、少々動いたところで解けそうにない。

「どうしてこの一週間、俺から逃げ回った？」

囁《ささや》き声で、どうにも答えにくいことを直球で聞いてくる。いつもなら、この尋問のような口振りを怯《おび》えながら聞いていたはずなのに、今はひたすら甘く聞こえる。

「毎日毎日、適当な言い訳を作ってくれたな」

「えっ、いや、別に、逃げては」

「へえ、逃げてない？」

本当に？　と続きそうな口調に、じたばたともがいていた上半身がびくっと固まった。

すぐに言葉が出なくて沈黙で答えてしまう。

これでは逃げてましたと認めたようなものだ。

だって、だって、だって。

黒木さんが、あんなキスをするから。どうしたらいいか、わからなくなったから。

どんな顔をして会えばいいのか、わからなくなったから！

いつもみたいに、怖いとか腹立つとかむかつくとか、そういう顔ができそうになかったから！

だからずっと逃げていたのに、どうして今、私はのこのこついてきているのか。その理由まで、このまま全部吐かされてしまいそうだ。

ふっと耳元でため息の音が聞こえる。ぞくっと身体が震えた。

「返事次第で行き先が変わる」

「は？　行き先……」

行き先って。既に黒木さん宅に到着しているけど？

不思議に思って顔を上げると、二方向の行き先を告げられた。

「前か、左」

前は、リビングで、左には寝室のドアがある。前と、左を順に見て、寝室のドアに視線が釘付けになってしまう。

ここに入ったことは、一度だけある。だけど以前のように、朝起きたら寝室だった、ではない。意識のある状態でこの部屋に入る意味を考えて、頭と身体がフリーズした。

……嫌か、と聞かれた時、嫌じゃないからついてきた。自分の気持ちに気づいたばかりで、黒木さんの寝室に入るほど心を決めてきたわけじゃない。どちらかといえば、感情と勢い優先で選択した自覚があった。

でもこのまま流されるのはよくない。黒木さんの質問に、なんて返事したら正解なの。固まったまま、ぐるぐる眩暈《めまい》がしそうなくらいに考えていたら、きゅっと黒木さんの腕に力が入る。

それから、喉の奥で笑ったような声。

「……黒木さん？」

ちょっとだけ顔を振り向かせると、すぐ傍に黒木さんの頭があった。私の首筋に顔を伏せていて、表情までは見えなかったが。

上半身が、小刻みに震えているのが伝わってきて、彼が笑いを堪《こら》えているのは間違いない。

「……からかいました？」

「いや。真面目にやってる。……くくっ」

「笑ってるじゃないですか！」

真に受けて、馬鹿みたい！

かあっと火が付いたように顔が熱くなって、今度は全力で拘束から逃れにかかる。しかし、黒木さんは一向に放してくれなかった。

「からかうなら帰ります！」

「だめだ、帰るな」

「だったら、笑うのやめてください！」

恥ずかしい。腹立つ。むかつく。黒木さんと一緒にいると、感情が揺さぶられることばっかりだ。

そうだ、今だけじゃなく、先週だって。

「大体、黒木さんが悪いんじゃないですか！」

感情的に、ぼろぼろぼろっと勢いで言葉が出た。

「あんなキスされて、普通でいろってほうが無理だし！」

言えば言うほど、顔が赤くなっていくのがわかって慌てて背《そむ》ける。背後から肩越しに、黒木さんに覗き込まれているから、敢えてその反対側へ。

「なんであんなことするんですか。からかって楽しいですか？　いつもいつも」

「そこまで恨みがましく言われるほど、からかったか？」

「まさかの無自覚……」

いやいや、まさか。嘘でしょ？

愕然《がくぜん》として、背《そむ》けていた顔を少しだけ元に戻す。横目に見ると、視界の端に黒木さんの横顔があった。悔し紛れに唇を噛みしめて睨《にら》めば、彼の顔に苦笑が浮かぶ。

「ぽんぽん言い返してくるのが楽しいのは認める」

「私で遊んで楽しいですか」

それに、聞きたかったのは常々からかわれていることじゃなくて、あのキスの意味なのに。はぐらかされたのか単に話が逸れただけなのか、わからない。

「そうだな、素直で飽きない」

苦笑が、心底楽しそうな笑顔に変わる。嫌味のないその表情を見たら、腹立たしさがしゅるしゅると萎《しぼ》んで気が抜けた。

「それで、そのうち飽きたらポイですか」

口を突いて出た言葉に、言った自分が傷ついた。何を言ってるんだ、私は。これではまるで拗《す》ねてるみたいだ。

ちらりと黒木さんのほうへ瞳を動かすと、軽く見開かれた目と視線が絡む。すぐにその目がすっと細められて、その直後――

唇が音を立てて私の頬を啄《ついば》み、ふわっと私の両脚が浮いて、くるっと方向転換した。彼が私を抱えたまま、行き先を決めたのだと理解する。

かちゃりとドアノブが回る音を聞いた。音だけなのは、私は黒木さんの顔を見つめたまま固まっていて動けなかったからだ。

あっという間だった。

彼の迷いのない足取りを感じた後、またくるりと視界が勝手に動く。

「えっ、わっ！」

軽々と私の身体は彼の思うようにされて、背中を支えられながら身体が傾く。ぎしっと軋《きし》むような音を聞いて瞬《まばた》きをした。

どうやら私の最後のセリフが、進行方向左の返答だったらしい。

寝室は、薄暗い。開いたままのドアから差し込む廊下の明かりだけが、彼の顔を微かに照らしていた。

驚きすぎると声も出ないのだなと、そんな余計なことを考える。またからかっているのだと思うには、私を見下ろす黒木さんの顔は真摯《しんし》なものだ。

面白がっていたり不機嫌だったり、いつもそんな表情ばかりだった。だけど今、目の前の表情はそのどれでもなくて、初めて見るもののように感じる。

このまま黙って押し倒されてはいけない。そう思うのに、彼の表情に気圧《けお》されて、喉が塞がったかのように声が出せなかった。

黒木さんの顔が、躊躇《ためら》うことなく寄せられる。咄嗟《とっさ》に私は、両手でスーツの胸元を押し返した。けれどさしたる抵抗にもならないまま、ふっと目元に吐息がかかった。

「……飲んだのか？」

静かな声で問いかけられる。すぐには意味がわからなくて瞬《まばた》きをした。

「酒の匂いがする」

「あ、少し、だけ」

ようやく出た声は、掠れていた。彼の声も、低い囁《ささや》き声のようなもので、なのに静かな寝室によく響く。

「酔ってないな？」

こくりと頷くと、彼の口角が少し持ち上がる。

「ならいい。今夜は寝かせるつもりも逃がしてやる気もないからな」

どうしよう。心臓が潰れてしまったような音が聞こえた気がした。

8　決して善とは言えないが

経験は、多くないながらもある。

けれど、こんなに静かに始まることもあるのだと、それがなんだかとても特別なことのように思えた。

お互いの静かな息遣いや小さな衣擦《きぬず》れの音が、耳に優しく響く。その優しさが、私に残っていた迷いを少しずつ削《そ》ぎ取っていった。

頬を彼の指先が滑って、その後を唇が追いながらキスを落とす。くすぐったさに思わず零れた吐息が、甘い声となって空気に散った。

互いの気持ちを、言葉で伝え合ったわけじゃない。それなのに、こんなことをしていいのかな。

そんな正論を唱える理性の欠片《かけら》が、私の中にまだ残っている。

だけど、感覚が、彼を受け入れてしまっていた。優しいキスや指先が、私の肌に触れるのを拒《こば》めない。拒《こば》みたくない。

例えばこの優しさが嘘だったとしても、それは今の私の気持ちに関係ないのだ。

私が、黒木さんに、抱かれたい。

唇に親指が触れる。目を閉じて、その後に続くキスを受け入れた。軽く啄《ついば》み、彼が角度を加えて深く重ねようとした時、頬に眼鏡のフレームが当たった。

痛くなかったから、そのままでも構わなかったのに、彼は気になったらしい。待て、とでも言うように宥《なだ》めるようなキスをして、上半身を起こした。

ベッドの縁に座って眼鏡を外し、サイドテーブルに置く。それから、左手の腕時計を外した。

その一連の仕草を見ていて、きゅっと、お腹の奥が締め付けられるように切なく疼《うず》いた。私の肌を傷《いた》めないためだと気付いたからだ。

この人は、とても優しい。それを確信しただけで、この夜の理由には十分だった。

彼がスーツの上着を脱いで、片手でネクタイの結び目を掴んだ時、見とれていた私と目が合う。

ベッドに横になったままでいた私は、なぜだかじっとしていられず起き上がった。

すると、すかさず彼の片手が私に触れてくる。大きな手は、頬に添えると指先が耳朶《じだ》にまで届く。

「逃げたくなったか？」

問いかけながら、もう片方の手は迷うことなくネクタイを解いている。逃がす気はないとはっきり伝わってきて、じわりと身体の芯が熱くなった。

「……違います」

首を横に振る。それだけでは足りない気がして、顔を上げて黒木さんと目を合わせた。

数秒見つめ合うと、ふと彼の目尻が下がる。

「お前がおとなしいと、調子が狂う」

何を言う、ずっと調子を狂わされっぱなしなのは私の方だ。だけど言い返すよりもなぜか、素直に彼の作り出す空気に身を委《ゆだ》ねてしまう。

彼の目が弧を描き、近づいてくる唇に私は目を閉じた。

「んっ……」

触れ合った瞬間、ぞくりと背筋が痺《しび》れた。柔らかなキスが再び始まって、耳にネクタイを引き抜く音が聞こえる。キスを続けながら、私も自分のブラウスのボタンに手をかけた。自分の意思なのだと伝えたくて。緊張で指先が震えた。

浅く舌を絡ませながら、互いに自分の衣服を緩ませる。私はブラウスのボタンをすべて外したところで、手を止めた。

そこから先は、さすがに自分で脱ぐのは躊躇《ちゅうちょ》してしまう。

目を閉じたまま何も見ていないけれど、衣擦《きぬず》れの音で彼がワイシャツを脱ぎ捨てたのがわかった。

キスの間、ずっと人差し指で耳朶《じだ》を撫でられていて、段々と頭の芯が溶けたようにぼやけてきていた。もう片方の手に腰をくんと抱き寄せられて、その反動でキスをしたまま顔を上向ける。

開いた唇と歯の間をすり抜けて、濡れた舌が口内に入り込んできた。

「ふ、んんん……」

深く舌を絡められて、耳の中にくちゅくちゅと唾液の混じり合う音が響く。舌先、舌の裏側、上顎《あご》と丁寧に舐《な》められて、その度にじわりと唾液が溢れ出した。舌先を伝って彼の唾液が流れ込んでくるのがわかる。口内に溢れる唾液をどうすることもできなくて、思わず飲み込んだ。

そんなはずはないのに、とろりと甘く感じる。身体の中から熱を灯《とも》される、媚薬《びやく》のようだった。

耳朶《じだ》を弄《いじ》っていた手が首筋を伝い、はだけたブラウスの中へ滑り込む。腰を抱き寄せる手は、スカートの裾《すそ》から中へ。それぞれの手で肌を撫でられて、私の身体から力が抜けていく。座っている姿勢を保っていられなくて彼の腕に縋《すが》った。

まだ、キスだけなのに。こんなにもとろとろに意識を溶かされて、この先を思うと少し怖くなる。

「ん……ん……」

キスが解けて、脱力するまま黒木さんに凭《もた》れかかる。額《ひたい》を彼の肩に預けると、腰を撫でていた手が背中に回り上半身を抱え込んで支えてくれる。はだけたブラウスは肩からずり落ちていて、私の上半身はほとんど肌が露《あら》わになっていた。

その肌に、黒木さんの唇が首筋から順にキスを落としていき、その合間に片手でブラのホックを外される。それからゆっくりとベッドの上に倒された。

柔らかな唇が、鎖骨から肩、二の腕に触れていく。引っかかっていたブラウスの袖《そで》から腕を抜いて、その内側を何度も唇で食《は》んで舌先で撫でる。肘の近くまでそれを繰り返された時、肌に強く唇が当てられて止まった。

「もう、あんなことはするな」

唇を肌に触れさせたまま喋《しゃべ》るから、なんだかくすぐったい。

「ん……あんなことって?」

「俺に言われたからって、よく知らない男について行くな」

その言葉で、今口づけられている場所が古河さんに強く掴まれた場所だと思い当たった。

「……はい」

どうして、そんなことを言うんだろう。不思議に思いながら、溶けた頭で素直に頷く。信用されていないのか、更に彼から念押しされた。

「古河だけじゃない。この先、誰が近づいてきても、だ」

ちゅ、ちゅ、と音を立ててキスをしながらそんなことを言う。

もう一度素直に返事をしそうになって、やっぱり不思議で首を傾げた。

「どうして、ですか?」

それではまるで、独占欲みたいだ。

私の問いかけに、黒木さんの黒い瞳がちらりと動く。視線が絡まり、彼の瞳の奥が熱を孕《はら》んでゆらりと揺れていた。

「俺以外の誰にも、触られたくないからだ」

言うと同時に、肌に軽く歯を立てられて、ぞくぞくと全身に甘い痺《しび》れが走る。ぴくりと跳ねた腕は、逃がさないとばかりにしっかりと手首を掴まれている。

「んんっ、あ」

肘から腕、脇の近くへと、舌で濡らしながら時々当たる硬い歯の感触に、勝手に身体が悶《もだ》えて揺れた。

「返事は？」

与えられる愛撫《あいぶ》は甘やかすように優しい反面、口調は相変わらず偉そうだ。ただ、黒木さんの言葉は、触れられる以上の安心感を私に与えてくれて、心が緩んで解けていく。

まるで、私を独占したいと言われているようで、自惚《うぬぼ》れてしまいたくなる。

だから、ちょっと気が大きくなっていたんだろうか。

今なら聞いてくれるんじゃないかと、ぽろっと口にした。

「……変な画像、撮らないでくれるなら」

その瞬間、ぴたりと愛撫《あいぶ》が止まって、黒木さんが珍しいくらいに唖然とした顔をした。

意味がわからなかったのか……いや、もしかして、忘れてた？

私は忘れていないぞ。最初の日、黒木さんに変な画像を撮られたことを。

「前のも、消してくれるなら」

首を傾げながら重ねて言った。ちょっとこの仕草はあざといかと思ったが、あの夜の画像は消してもらわなければ困る。

もっとも、あれきり彼がそのことを口にすることはなかったから、脅《おど》されているという意識はほとんどなくなっていたのだけれど。

じっと黒木さんの返事を待っていると、彼の表情がくしゃりと歪《ゆが》む。それから、私の首筋に顔を埋《うず》めてしまった。

「黒木さん？」

彼の肩に手をのせて、表情を窺おうとする。すると、その手に小刻みに震えが伝わってきた。

「……黒木さん？」

どうやら、必死に笑いを堪《こら》えているようだ。

「……何笑ってるんですか」

官能的な空気が薄れる。私は拗《す》ねた口調で口を尖らせた。

「いや。最初から、そんな趣味はないから心配するな」

私の首元で、彼はくっくっと喉を鳴らして笑っている。眉を顰《ひそ》めた私は、頭の中で黒木さんの言葉を反芻《はんすう》した。

……最初から、そんな趣味はない？

脳が理解した途端、愕然《がくぜん》として黒木さんの顔を見ようとする。だけど彼の腕は私の背中に回り、がっちりと肩を掴んでいた。

「う、嘘？　騙《だま》したっ？」

「違う。思い出してみろ、俺は何も言ってない」

信じられない、確かに私の早とちりだったかもしれないが。

「でも、私が勘違いしてるって、わかってましたよね⁉」

やっぱり、この人は、善人ではない。

まさに、わなわなといった表現がぴったりの感情だと思う。怒りのあまり身体を震わせる私に対し、彼はとても機嫌がよさそうだ。

「酷いです、最悪です、やっぱり帰ります！」

自分が騙《だま》されやすいのはよくわかったが、だからといって許せるかといえばそうではないのだ。

腕の中で暴れるが、男の力に敵《かな》うはずもなかった。もがく私を、黒木さんは抱きしめて片方の手で髪を撫でつける。

「悪かった」

ストレートな謝罪の言葉に、ぐっと喉を鳴らし沈黙した。苦笑しながらも黒木さんの目はとても優しくて、言い返そうにも何も言えなくなってしまう。

「だから帰るな」

「…………」

「佳純」

甘い声で名前を呼ばれた。こんなのは、ずるい。

「まあ、変におとなしいよりやっぱりこれくらいの方が佳純らしくていい」

「反抗した方がいいなら、まだまだ頑張りますが」

「暴れても帰さないけどな」

あの夜の私は、彼からすれば怪しさ満載だったのだから仕方がないことも理解していた。だから、本気で帰るつもりだったわけではない。

仏頂面の私に、彼は微笑んで額《ひたい》にキスをした。まるで、私の機嫌を取ろうとでもしているみたいだ。おとなしくなった私に、黒木さんは顔へのキスを再開する。

「素直なのは美徳だが、騙《だま》されやすいのはどうしようもない。ろくでもない甲斐性無しの男に捕まる前に、俺に捕まっておけ」

彼は堂々と微笑みながら、私の身体を身動きできないくらいに抱きしめてくる。

そんなキスと言葉に絆《ほだ》されてしまう私は、どうしようもなく彼に惚れているのだと、自覚した。

完全に、降伏だ。後はもう、溺《おぼ》れるだけ。

彼の手のひらは身体の輪郭を辿《たど》るようにただ撫でていて、私を翻弄《ほんろう》したのはキスだった。こんなにも、身体中あちこちに口づけられた経験は、私にはなくて。キスをしながら一枚残らず衣服を取り去られ、その手際のよさに目を白黒させた。

だけどその手つきはどこまでも優しくて、自分がとても丁寧に愛されているのだと思い知らされる。胸のなだらかな曲線を舌で辿《たど》り、つんと尖り始めた先端の周りに何度も吸い付いて、痕《あと》を残す。早く中心に触れてほしくて、まだ何もされていないのにジンと先端が疼《うず》いた。

早く、と口に出してしまいそうで、下唇を噛んで耐える。

待ちかねた場所に、柔らかく濡れた舌が触れた瞬間、眩暈《めまい》がしそうなほどの愉悦《ゆえつ》に襲われた。

「んっ、ん、ふ……」

舐《な》めて、歯を立てて、吸い上げて口の中で転がして。刺激される度に、ぴくぴくと身体が小さく震えてしまう。甘噛みをしたまま、感度の上がった先端を執拗《しつよう》に舌で擦ってくる。それを、両方の胸にされた後には、私はぐったりと脱力していた。

両脚に力が入らず、自然と膝が開いてしまう。その間に彼はいつの間にか身体を入れていて、腹部から腰へとキスをしていた。

愛撫《あいぶ》のほとんどが、手ではなく、唇。その事実に気づいて、その唇が下腹部へと近づいていることに、まさかと頭を持ち上げた。

そういう行為があることは、知っている。けれど、されたことはなかった。

「あ、や、そこは」

脚の付け根と、恥骨の辺りに唇が触れた。私の戸惑いに気づいたからか、彼が一度顔を上げる。

「……されたことはなかったか？」

口で、という意味であることはすぐにわかって、素直に頷く。すると彼は、なぜだかとても嬉しそうに見えた。

そうか、とひとこと呟いたと思ったら、やめるどころか両手で脚の付け根を押さえて大きく開く。

「や、や、や、あああんんん」

そこは、既にしっとりと濡れていた。その割れた襞の上部を、散々肌で覚えさせられた舌の感触が這《は》い、私はあられもない声を上げた。

一番敏感な場所を、丁寧に舌先で上下に舐《な》められる。皮を剥《む》くように尖らせた舌で刺激されれば、びくびくと勝手に腰が跳ねてしまう。

「あっ、あっ、あ、やめ、やめてって、言って」

強制的に身体の熱を上げられていくようで、どっと汗が噴き出してきた。そこに触れられるまでは、我慢できていた声が、今はもう抑えられない。

「よくないか？」

そんな風に問いかけてくる。その間は、舌での愛撫《あいぶ》が止まるから呼吸を整えようとするけれど、すぐに唇で軽く啄《ついば》まれて息を乱された。

「あ、やん、もう、やですっ……」

私には、刺激が強すぎる。何より恥ずかしい。両手で顔を覆《おお》って懇願すると、彼の「そうか」という呟きが聞こえた。納得してくれたのかと思ったのに、続いた言葉に裏切られる。

「硬くなってきてる。放っておくほうが辛いだろう」

何が硬くなっているのか。尋ねるよりも先に、その花芽を口の中に含まれる。軽く吸い上げられ、口の中で温かい舌に撫でられると、脳が痺《しび》れて目の奥で火花が散った。

あんあん、と喘《あえ》ぐ声が信じられないくらいに淫《みだ》らで、甘い。本当に自分から出ているのかと、疑いたくなってしまう。

指よりも舌のほうが優しいだろう、と声をかけられたけれど、そんなことを考える余裕もなくて、ふるふると頭を振った。

さっきから色々聞いてくるくせに、私の懇願はスルーしている。花芽を舐《な》めしゃぶられたまま、彼の指がたっぷりと濡れた襞の内側に触れた。膣壁を左右に軽く押しながら進み、指を根本まで埋《うず》めてくる。

くん、と奥に近い場所を腹側に押し上げられて、その瞬間、ひくんと背筋が反《そ》った。

「あ、あ、あ、やだ、だめ、そこっ……」

下腹部に熱が溜まる。解放される時を期待して、私の中が蠕動《ぜんどう》し入り口がひくつくのがわかった。

そうしている間にも、花芽は温かい唾液の中で絶えず舌に舐《な》めしゃぶられている。じゅるると音を立てて長く吸い上げられたその時、呆気なく私の身体は快感の頂点まで押し上げられた。

「ふっ、あ、あああああんっ……」

びくん、びくんと腰が跳ねるのを、絡んだ彼の腕が押さえ込む。痙攣《けいれん》している間も、指は膣壁の中で私のいいところをじっくりと擦り、花芽への愛撫《あいぶ》も続いていて、快感の余韻を長引かせた。

「ふあっ、あっ、んんっ」

背中を反《そ》らせて、心地よさと痙攣《けいれん》の息苦しさに耐える。徐々に身体の力が抜けてくると、それに合わせるように彼の愛撫《あいぶ》が和《やわ》らいでいった。

指は中を柔らかく解《ほぐ》すように動き、唇は花芽を解放し舌はそこを労《いた》わるように舐《な》めている。

くちゅ、ぐちゅと酷い音が聞こえ薄く目を開いたが、まだ快感の名残《なごり》があって視界がはっきりしない。ふっと、上半身の片側が温かくなった。

視線を巡《めぐ》らせると、黒木さんが片腕を私の顔の横につき、斜め上から覗き込んでいた。

「少し、狭いな」

そう言いながら、指を二本に増やす。その刺激に目を細めると、彼が空《あ》いた片手で髪を撫でてくれた。

狭いのは、彼が私を感じさせるからだ。一度達したにもかかわらず、切なく疼《うず》くような感覚がずっと続いている。

長い指が、私の中を丁寧に解《ほぐ》し、甘ったれた声が零れる度に、こめかみや額《ひたい》に唇が触れる。

初体験の時でさえ、これほど甘やかしてはもらわなかった。どちらかといえば、性急にことが済んでしまって、あっという間だった。付き合いましょうそうしましょうで、ちゃんと名前のある関係の人だったけれど、あまり感慨深い経験ではなかった。

私の意識が、ふと記憶の中に持っていかれる。まるで、それを咎《とが》めるようなタイミングだった。髪を撫でていた手が、私の首の下を回って顎《あご》を掴む。彼のほうを向かされたと思ったら、いきなり深く唇が重ねられ無理矢理舌が入り込んできた。

膣壁を揺する指が、心なしかさっきまでより激しい。その上、親指の腹で襞の端を撫で上げ、花芯を小刻みに震わせてきた。

「んんっ、ん、んっ……」

上がる嬌声《きょうせい》を、彼がすべて呑み込んでしまう。くぐもった悲鳴よりも、ぐちゃぐちゃという水音の方が激しく聞こえた。

息苦しさに思わず大きく口を開けるものの、一層深く舌を迎え入れることになる。

両足の爪先で、もがくようにシーツの表面を掻き乱す。それでも逃れられない愉悦《ゆえつ》が、私の中心を熱く溶かしていくような錯覚を覚えた。

私から零れた蜜が滴《したた》り、黒木さんの手のひらを汚しているのがわかる。ぴんと張り詰めた、達する直前の緊張感に背中が弓なりに反《そ》った。

深いキスの中で、声と共に差し出した舌を彼の唇が吸い上げる。その舌先を歯で軽く甘噛みされた瞬間、頭の中が真っ白になった。

びくん、と大きく痙攣《けいれん》した反動で、キスから解放される。声もなく戦慄《わなな》く間、彼の指を離すまいと強く下腹部が収縮した。

黒木さんが起き上がり、寄り添っていた体温が離れたことが無性に寂しくなる。彼はサイドテーブルに手を伸ばして何かを取った。それがなんだったのか知ったのは、私の体内から指が抜かれた直後だった。

被膜に覆《おお》われても、直接あてがわれたと思うほどに、それは熱く硬く張り詰めていた。私の腰を掴んで引き寄せ、先端が音を立てて蜜口を押し広げていく。

真っ黒い瞳と、視線が合った。その瞬間、どくんと心臓が大きく脈打った。私ばかりが乱されているのかと思っていた。いや、そんなことを考える余裕もないほど、溺《おぼ》れていたけれど――彼の目元も、少し赤い。

熱を孕《はら》んで、情欲に濡れた瞳は一心に私を見つめていた。そう気づいたら、快感以上に胸の中から込み上げてくる感情があって、私は一気にそれを溢れさせた。

「……すき。すき、です」

彼の目が、虚を突かれたように見開かれる。

今言えば、彼にも言葉を強請《ねだ》っているように思われるかもしれない。だけど、止まらなくて、戦慄《わなな》く唇は気持ちを溢れさせていた。

「黒木さん、すき」

どうしてか泣きたくなって、私の顔はくしゃりと、泣き出す寸前みたいに歪《ゆが》んでしまった。告白は、あまり綺麗にはできなかった。

すると、数秒呆けていた彼が、眉根を寄せて目を閉じる。腰を掴んでいた手に力が増し、ぎりっと歯ぎしりのような音が聞こえた。

どうかしたのだろうか、と確かめる余裕はなかった。

ずん、と重い衝撃に身体の一番奥を貫かれたから。

みちみちと膣をめいっぱいまで広げられた圧迫感は、後から快感となって追いかけてくる。

「あ……あ……」

仰《の》け反《ぞ》った喉から、掠れた声が出た。達したばかりの私の中は、急な刺激を従順に受け入れ敏感に反応する。そして再び、弾《はじ》けてしまいそうなほど昂《たかぶ》っていた。

彼の浅い息遣いは、私の首筋から聞こえる。覆《おお》い被さったまま、何かに耐えているようだ。

「……この、タイミングで、煽《あお》るなっ」

「ひんっ！」

言葉と同時に、更に深くまで腰を強く押し付けられる。痺《しび》れた襞が密着した彼の下腹に擦られ、膨らんだ花芽を押し潰された。

黒木さんの身体に圧《の》し掛かられて、彼の腕の中で心も身体もめいっぱい満たされる。

「佳純……力抜け」

黒木さんが、抑えた声で言うけれど私にはもう答えられなかった。

繋がる場所が気持ちよくて、そこから生まれた熱で全身が甘く痺《しび》れている。身体が戦慄《わなな》いて思うようにならない中、両手で彼の身体にしがみついた。

「……くそ。可愛い」

ひとりごとのような、小さな声がした。

「黒木、さ……くろき、さん、すき」

「ああ、聞いてる。わかったから……」

汗ばんだ肌を触れ合わせるのが気持ちいい。彼の体温が心地いい。この温もりの持ち主は、すごく優しい人。

本能のまま、彼の肌にすりすりと顔を擦りつけると、彼の上半身がぴくりと震えた。耳に、息を呑むような声が聞こえる。

「……くそ。責任取れよ、お預けにされた分も全部払ってもらうからな」

言葉がただの音になって、頭に残らない。彼の身体が前後に揺れて、それに合わせて私の身体も揺すぶられた。耳朶《じだ》を舐《ねぶ》られ甘噛みされ、熱い吐息がかかる。切羽《せっぱ》詰まった声で呼ばれる私の名前を、何度か聞いた気がした。

佳純。珍しくもない私の名前が、とても特別に思えてくる。

今まで誰にも呼ばれたことがないくらい綺麗な響きに聞こえるほど、彼の声が優しく、愛おしげに私の名前を繰り返したからだ。

手のひらで私の額《ひたい》の汗を拭い、そこに唇を当ててくる。まるで宝物にするように。

何度目かの絶頂に震える私の手を、彼は飛んでいきそうな意識を繋ぎ止めるように強く握りしめる。

男の人に、こんなに大切に扱われたことなどない。触れ方ひとつ、キスのひとつひとつが、初めて経験するみたいに、心地よい。

それでいて、私を絶頂に導く動きは、力強くて激しいのだ。

「……も、や、だめ……あああぁぁ」

もう、力が入らない。開きっぱなしの唇から、絶えず上がる嬌声《きょうせい》も心なしか掠れて弱い。

私の中をかき混ぜながら、彼が不意に私の唇に触れた。親指で少し下唇を引くと、覗いた舌にしゃぶりついてくる。その刺激だけで、軽く達したように身体が震えた。

「……佳純」

「ああっ、ああ……」

汗と涙でぐちゃぐちゃの顔を撫でられて、その手の優しさにまたきゅんとなる。泣きたい衝動と欲情は、感覚がよく似ていると思う。

触れる手の優しさとは裏腹の激しさで膣壁を擦り上げられ、強すぎる快楽に涙を流し続ける。深く口づけながら、たくましい身体にしがみつく。彼の腰の動きが、明らかに吐精するためのものに変わった。

ふたりの息が上がる。先に達したのは、私だった。

「あああああっ」

一気に弾《はじ》けた快楽と、きゅうと締まる下腹部。痙攣《けいれん》する身体を、上から彼の身体に押さえ付けられる。

絶頂の余韻に震える中を、強引に擦り立てられるのは心地よさよりも甘い苦痛だった。

しばらくして、私の首筋に顔を伏せていた彼が微かな唸《うな》り声を上げ、一気に最奥《さいおう》まで身体を沈めて止まった。

「……は、あぁ」

背中に回した手のひらに黒木さんの震えが伝わってくる。二度、三度と彼が奥へ腰を押し付け、彼が私の中で達してくれたのだとわかった。

……嬉しい。

甘い余韻の中で、真っ先に浮かんだ感情がそれだった。小さな痙攣《けいれん》を繰り返す身体から徐々に力が抜けていく。

彼が顔を埋《うず》める首筋に、キスの感触があった。顔を上げた彼が、私の耳と目尻にもキスをしてから身体を離す。

ずるりと私の中から出ていく感覚に、小さく息を呑んだ。

離れてしまうのが、なぜだか寂しい。何度もイかされて身体はもう限界なのに、彼と離れるのを寂しく感じる。

目を開けると、黒木さんは私の脚の間にまだ座っていた。ベッドのサイドテーブルに手を伸ばして、何かを取っている。

その様子をぼんやり見ていると、私の視線に気づいた彼が小さく微笑む。

ほっとして、私も微笑み返した。なんだか心地よくて、このまま微睡《まどろみ》の中に沈んでしまおうと目をつぶった。しかし、するりと私の腰を撫でた手に邪魔される。

同時に、入り口に再び熱を感じた。

「ふあ」

熱さが心地よくて思わず目を細めたのは、一瞬のこと。その熱の正体に驚いて彼を見上げた。

「……あの、黒木さん？」

「ん？」

戸惑う私に返事をしつつ、腰を撫でる彼の手は止まらない。下腹部を大きな手が撫でて、お臍《へそ》の下辺りで止まる。苦しくない程度の、僅《わず》かな圧迫を感じたと思ったら、再び彼が私の中へと入ってきた。

「あ、あああぁぁ」

「一度で終わるわけがないだろう」

お腹を上から押されているせいか、中を押し進んでくる感覚が強く伝わってくる。しかも、ゆっくりと中を探るような速度で膣壁を擦られて、私の背中がしなった。

「ひぁんっ……あっ」

ある場所で、酷く敏感に身体が反応する。甘い痺《しび》れが全身に伝わり、ひくんと片脚が宙で揺れた。その脚を、彼の片腕が抱き寄せる。

そうしながら彼は腰を数度前後させ、同じ場所を刺激してきた。たまらず私の喉から悲鳴のような細い声が漏れる。

「今度はゆっくり、いいところを探そうか」

その微笑みはとても優しそうにもかかわらず、なぜか私の目には悪魔みたいに見えた……。気のせいだろうか。

黒木さんは一度達したことで余裕ができたのか、二度目は私の身体の感じるところを探り、的確に攻めてくる。

「ひ、う、あぁぁ」

繋がっている場所の周りも熱く疼《うず》いて、身体がそこから溶けてしまいそうな感覚に怖くなって、頭を少し持ち上げてその場所を見た。

すぐに後悔する。見るんじゃなかった。恥ずかしいほどに蜜が溢れて、彼の下腹部まで濡らしている。

けれど、恥ずかしいのに、余計に感じてしまうのはなぜだ。

目を背《そむ》けて、咄嗟《とっさ》に身体を押し返そうと彼の胸元に手を当てる。しかし、ろくに力の入らない手では、彼の劣情を煽《あお》っただけだった。

「あうっ、あ！」

両膝を抱え上げられ、胸に付くほど折りたたまれた。ぐっと腰を押し付けられれば、今までで一番深くまで彼の熱が届く。

「……そこ、だめっ……」

最奥《さいおう》は気持ちよさより苦しさのほうが強い。イヤイヤと頭を振ると、彼の唇が目元の涙を拭った。

「ここは慣れないか？」

確認してくるのに、やめるという選択肢はないようだ。彼は自身の昂《たかぶ》りで、私の子宮の入り口を小さくとんとんと押し上げる。

それだけの動きでも、私の目の奥がチカチカした。

だめだ、いく、と自覚した途端、私の中がきゅうっと彼を締め付ける。その動きを止められなかった。

それは彼にも伝わったようで、握り合わせた手に力がこもった。

「ああああ！」

絶頂を迎えて蠕動《ぜんどう》する中を、いきなり強く擦り上げられ悲鳴を上げる。上から突き刺すようにして何度も何度も奥を突かれた。激しい彼の腰の動きに、繋がった場所から蜜が溢れてシーツを濡らしていく。

ベッドが揺れてスプリングの軋《きし》む音がする。手は握られたままシーツに押し付けられ、親指が時々私の指を撫でてくる。一方的に責め立てられ、快感を通り越して苦しいくらいなのに、そんな仕草ひとつで許してしまう。

頬にぱたぱたと黒木さんの汗が落ちてきた。

ああ、もう、だめだ、また、わかんなく……

思考も身体の感覚も、全部が溶けて、自分の嬌声《きょうせい》さえどこか遠い。彼の余裕も掻き消えて、がつがつと奥を突かれている。私の頭の中が真っ白になった時、一番奥に彼が自身を押し付けた。それから熱い吐息と同時に、顔を私の首筋に埋《うず》めてくる。

「あ、あああああ……」

私の中で、彼が膨張したのを感じて、蕩《とろ》けるような幸福を感じた。そこが、私の限界だった。彼の大きな手が、労《いた》わるように汗に濡れた私の身体を撫でる。首筋に優しく何度もキスを落とされ、とろとろと微睡《まどろみ》の中に落ちていく寸前――

「佳純……、……」

彼らしくない言葉を聞いた気がして、一瞬、意識が戻りかけたけど。結局は、その言葉もそれを聞いて驚いたことさえも、全部が夜に溶けていった。

甘く優しい朝を期待していた……わけではない。だって、黒木さんだし。

「も、やぁ、足が、立たな……」

昨夜の行為で私の身体にはしっかり倦怠感《けんたいかん》が残っており、膝は立たないし腰も重い。ならば、お前は何もしなくていいと言われて、私は後ろから黒木さんを受け入れていた。

ぺたっとベッドに伏せた私に、黒木さんの大きな身体が覆《おお》い被さっている。

目が覚めた途端に襲われた。その罪名はなんだったか。

確か『寝かせないと言ったのに、さっさと眠った』ということと『お預け分の支払いがまだ終わっていないのに眠った』と言われた。とりあえず、黒木さんをおいて眠ったのがダメだったらしい。

「だから、じっとしてればいい……っ」

ぐちゅん、と一際大きな音がして、こぽりとまた蜜が溢れる。

「どうせ今日は休みだろう。ゆっくりできるな?」

腰を回して私の中をかき混ぜながら、黒木さんが耳元で囁《ささや》いた。その言葉にゾッとする。

ゆっくりできるな、ってゆっくり休めるという意味ではないよね。ゆっくりナニができる、と解釈するのが正解のような気がする。

おかしい。なぜだ。『寝かせない』と言ったのは黒木さんで、私はそれに頷いていない。

それに『お預け分の支払い』に関しては、意味すらわからなかった。理不尽すぎる。朝っぱらから喘《あえ》がされて、ぐったりを通り越してもう一度気を失うくらいのレベルである。

しかも途中から、説教まで始まった。

主に、騙《だま》されやすい私の性格についてだ。

「大体、わざとらしい視線ひとつを真に受けて、まさか本当に騙《だま》されているとは思わないだろう」

これは、黒木さんに変な写真を撮られたと思い込んだことだろう。

そうは言うけど、あんな意味ありげな仕草をされれば勘違いしても仕方ないと思う。

というか絶対勘違いを狙ってたよね!?

「や、あぁう、だってて っ……」

言い返そうと思っても、繋がったままで膣壁を刺激されれば私の声はただの喘《あえ》ぎに変わってしまう。

「井筒みたいな人間がまともな奴を紹介するはずがないだろう。ノコノコついて行くな」

これについては、私も反省するところなのだが。だけど、私だって、それなりに警戒はしていた。

今度は言い訳をするより先に、まるでお仕置きのように最奥《さいおう》をぐりぐりされている。

押し付けた腰をぐるりと回した彼は、私の腰を両手で掴み持ち上げる。

私はシーツにしがみつきながら、拗《す》ねた顔で少しだけ後ろを向いた。

「……だって。ちょっとくらい、役に立つって思われたかったし……」

私だって、思うところはあるんです。

黒木さんを横目で睨《にら》むと、彼は目を細めて私を見下ろした後、ため息をついて私のうなじに顔を寄せた。

「……お前は、馬鹿じゃない」

「……はい？」

「他人の視線や仕草で色々察することができる。だが、それを素直に受け取りすぎるのがよくない」

そんなことはない。私だって、気をつけるべき人に対してはちゃんと警戒してるし……と考えて、黒木さんの視線と仕草でころっと騙《だま》され、ありもしない写真の存在を信じていたのが私だった。

結局、私には反論の余地はなさそうだ。

「……直したほうがいいですか？」

反論はできないが、直せと言われても自信はない。なんせずっと、この性格なのだ。

直せるのか、と小馬鹿にされるのがオチかと思ったけれど、彼は数秒考えた後で気が抜けたように笑った。

「いや。そのままでいい」

「……そう、ですか？」

えっ、だったらもう、このお仕置きは終わりでいいんじゃないかな？

残念ながら、終わらなかった。信じる相手を間違えるな、古河なんてもってのほかだと結局怒られ、だから信じてませんてば、と言い訳しながら行為は続行。

だけど、なんだかんだと怒られながらも、行為自体は甘かったかもしれない。

そんな朝だった。

9　悪魔の不在

なんと、これからしばらく黒木さんは海外らしい。この連休に準備してアメリカへ行く予定だったそうで。

私がベッドでぐったりと眠っている間に、準備を整えたらしい。黒木さんからそれを聞かされたのは、金曜の夜も更けてからだ。なんでそんな時間になったかは察してほしい。

はたと思い出したのは、翌週の金曜に行われる創立記念パーティのことだ。

前日には帰る予定だが、スケジュールが押せば戻るのはギリギリになるかもしれない、という。彼はベッドでスマートフォンのスケジュールアプリを確認しながらその連絡事項を伝えてきたのだが、その間も私は枕から頭を上げることもできず結局もう一晩お世話になることになった。

「俺の留守中に何かあれば、征一郎を呼び出せ」

そう言って私の髪をさらりと撫でる黒木さんを、目だけ動かして見上げる。征一郎……征一郎って誰だっけ、と一瞬呆けてしまったのは、黒木さんがあまりにも軽くパシリのような言い方をしたからだろう。

「いえいえいえ、そんな一社員に高輪社長を呼び出すなんてできるわけないです」

慌ててお断りしたけれど、黒木さんはさっさと連絡先を私のスマートフォンに送信してしまった。……なんてことだ、私のスマートフォンに、高輪社長の連絡先が。

「征一郎にも何かあれば対処しろと言っておく」

「やめてください！」

社長と秘書の立ち位置が絶対おかしい。

そうして翌日の、土曜の朝。木曜夜からずっとベッドに拘束されていた私は、さすがにこれ以上は勘弁してほしいと、昨夜は全力の寝たふりで身を守り、朝も出発時刻に身支度が間に合うギリギリまで頑《かたく》なに目を開けなかった。足腰立たなくされてしまったら、本当に帰れなくなってしまう。

アメリカに出発する黒木さんは、ちょっとおかしかった。玄関で少し考える素振りを見せた後、ふと思いついたように言った。

「俺が戻るまでここにいるか？ 帰りますよ」

「いやいや、なんでですか。帰りますよ」

家主のいない家に滞在なんてできません。それに、家の冷蔵庫にある牛乳と卵が気になるので帰りますよ。

出張の間に家の掃除でもしておけということか。でもそもそも、そんなに汚れてないし。

玄関で靴を履きながら言い返した私の声が、ちょっと呆れた響きになった。もしかするとそれが生意気に聞こえたのか、もしくはカチンときたのかもしれない。

黒木さんの顔が、嫌な雰囲気で笑った。いやいや、カチンときたならそういう顔をしてくださいよ、どうして笑うの。

「ひえっ」

思わず変な悲鳴を上げて、ドアを開けて外に出ようとしたけれど、それより先に黒木さんの片腕が私の腰に回る。

「黒木さ……んんん」

抗議の声は、ぱっくりと黒木さんに食べられた。

しかも、昨夜と朝、行為を拒否した恨みが込められていた気がする。ねっとりと口の中を舐《な》め回された後、ちゅぱっと音を立ててキスが解けた。

「……よし。行くか」

よしじゃねえ。行けないよ。

「ま、待ってください、腰が……」

濃厚すぎるキスのせいで、腰が抜けてしまった。


タクシーでまず私を自宅に降ろしてから、黒木さんは空港に向かうことになった。車中、バッグの中からスマートフォンを取り出す。昨日はまだ電源が入ったけれど、今日はもう充電が切れてしまっていた。

そりゃそうだ、木曜日の朝に家を出てからずっと充電してないんだし。

「もうすぐ着くぞ」

「あ、はい」

言われて窓の外を見れば、確かに自宅付近の街並みになっている。なんだか、黒木さんとこんな関係になるなんて、不思議な気持ちだ。夜を過ごして、休日ずっと一緒にいて、朝に家まで送ってもらって。

あんなに一緒にいたのに、これからしばらく黒木さんは海外なのかあ。

ふと、思いついて、深く考えずに口にしていた。

「……メッセージとか、送ってもいいですか？」

「ん？」

「その……特に用がなくても、送っていいのかなって」

今までは意味もなくメッセージを送ったことはなかったけど、これからは送ってもいいのかなあ。

あんまり、そういうことするタイプに見えないけど……って、そんなことをわざわざ聞くのもどうなのか。

気恥ずかしくなって、ちらりと黒木さんの顔を見る。すると彼が、なぜか面食らったような顔をしていて、驚いてしまった。

「……メッセージくらい、好きに送ったらいい」

そう言いながら前を向いた彼の耳が、ちょっと赤くなっているのを私は見逃さなかった。

「着いた。早く降りろ」

「え、あ、はい」

タクシーがマンションの前に停まって、黒木さんがひらひらと私に手の甲を見せた。

早く降りろというジェスチャーに、スマートフォンをバッグに戻して慌てて降りる。

「あ、ありがとうございました、送ってもらって」

ドアが閉まる直前にそう言った。せっかちな運転手さんは、さっさとドアを閉めて車を出してしまう。

……黒木さんの照れるポイントがわからないわ。

あんなに、ねっちょり人の口の中舐《な》め回したり、初対面から好き放題やっておいてだよ。『メッセージ送っていい？』とか『電話していい？』なんて、合コンならそれこそ社交辞令で飛び交うような言葉に照れるとは。

……合コンの場にいる黒木さん、似合わなさすぎ。怖いわ。「うぇーい」とか誰も言えなさそう。

おかしな想像をして、くすりと笑ってしまった。

自分の部屋に戻ってスマートフォンを充電器に繋ぐ。コーヒーを淹れてから、充電器に繋いだままスマートフォンの電源を入れた。

着信やメッセージを確認して、気付くと指が勝手に黒木さんのメッセージ画面を呼び出していた。

メッセージを入力しようとして、指が止まる。赤くなった彼の耳を思い出して、なんだか私の顔も火照《ほて》ってきた。

「……ハードル上がっちゃったじゃないですか！」

別に、思ったことをさくっと送ればいいだけなのに、その最初のひとことが思い浮かばない。何を送ればいいんだろうかと考えているうちに、黒木さんの顔を思い出した。

額《ひたい》に汗を滲《にじ》ませ眉間に皺《しわ》を寄せている彼の、閉じた瞼《まぶた》と、黒くて長い睫毛《まつげ》。

くすぐったいくらいに優しい手のひらと、繊細に動く指先が——

「……って、ぁあああああ」

思い出して身体が疼《うず》く。そんな経験は初めてで、私はスマートフォンを放り出し、ラグの上に蹲《うずくま》って身悶《みもだ》えた。

ちょっとしばらく、メッセージは送れそうにない。

色呆けしたまま土日が終わり、月曜の朝を迎えた。

いつもギリギリのくせに、珍しく早めに出勤してきた井筒先輩に始業前に捕まって、思い出した。そうだ、すっかり忘れてた。

「あの後、どうだったの？」

「どうだったの、じゃないですよ！　なんで何も言わずに先に帰っちゃうんですか？」

全然知らない人を紹介しておいて、さっさと自分だけ帰っちゃうとかあり得ない。ドリンクスペースに連れて来られた私は、詰め寄る井筒先輩に逆に言い返した。

しかし彼女はきょとんとしている。自分が悪いとは欠片《かけら》も思っていないことが、よく伝わってきた。

「だって、会わせてほしいって言ってきたのは古河さんだし、何か聞きたいことがあったみたいだから。別に私がいなくてもいいかなーって。でも、どうなったのかは気になってたのに、古河さんからは連絡ないし」

「どうもなってませんけど、こういうのは困ります。もう先輩に誘われても頼まれても、ついていきませんからね」

「で、結局なんだったのよ?」

全然、聞いてないいな。

暖簾《のれん》に腕押しということわざを思い出しながら、ため息が出た。

「知りません。黒木さんが迎えに来たら逃げて行ったし」

「……ふうん。なんか、うちのパパも最近機嫌悪いし、変なのよねえ」

「はあ……」

お父さん、というと子会社の社長で、人事部長と仲がいいという人か。人事部長は、黒木さんと高輪社長からあまりよく思われていないみたい。

で、古河さんは人事部。

私が知らないだけで、何かあるんだろうな。

「……まあいいわ。後で古河さん捕まえてみる」

「井筒先輩って、古河さんと親しいんですか？」

「パパの繋がりで知り合ったんだけど、好みじゃなかった」

「……さようですか」

なんでも色恋に繋げちゃうところは、変わらず通常運転だった。


月曜、火曜と総務課はいつも通りの雰囲気で、特に何事もなく時間が過ぎていく。それが崩れたのは、水曜日だった。

席に座った姿勢のまま、軽く伸びをした。パソコン画面に向き合いすぎて肩こりが酷い。小休憩のつもりで、引き出しからポーチを出してくる。丸いシルバーのサプリメントケースを取って、手の上で軽く振るところんと薄桃色の星が手のひらに落ちた。黒木さんにもらった金平糖《こんぺいとう》だ。

なんか、口寂しいんだよね。

なぜなのかは考えないぞ、私は。

金平糖《こんぺいとう》を口に放り込んで、カリカリと咀嚼《そしゃく》すると優しい甘みが口の中に広がった。

「あー……甘いものって大事だなー」

口寂しさを誤魔化すのにガムでも買おうかと考えていた時に、黒木さんにもらった金《こん》平糖《へいとう》のことを思い出した。高そうな雰囲気の金平糖《こんぺいとう》だ。もったいなくて食べずに置いていたのを、ひとつ食べたら癖になった。袋から直接ポリポリしてたら一気になくなりそうだったので、今は携帯用サプリメントケースに入れて、一粒ずつ食べている。

もう一個食べようか、いや我慢。

そんな葛藤をしていると、総務課長がなぜか汗をかきながら忙《せわ》しなく出入りしているのが目に入った。

はっきりとは言えないが、何か社内に落ち着かない空気が流れているのを感じた。それを決定づける噂話が耳に届いたのは、昼休憩の時だ。普段はあまり誘ってこない総務の女性社員数人に誘われ、一緒にカフェテリアに来ていた。

「なんか、人事部長が本社からいなくなるらしいよ」

「えっ、いなくなるって？　どっかに異動するってこと？」

「いや、まだ詳しくは……でも、なんか上層部がそわそわしてるって」

その情報を持ってきたのは、総務でも情報通——というか噂好きな女性社員で、どこかにアンテナが立ってるんじゃないかと言われている人だ。

まあ、アンテナは冗談としても、あちこちに情報を得るための伝手《つて》があるんじゃないかということだ。

「そんな話、どこから聞いてくるんですか？」

思わずそう尋ねながら、私はオムライスをひとくち食べる。もぐもぐしながら答えを待っていると、全員の目がくるっとこちらに集中した。

「天沢さんのほうが、詳しいんじゃないの？」

「んぐっ？」

「黒木さんから何か聞いてない？」

ランチに誘われた理由がわかったわ……

黒木さん経由の情報がないか、期待されていたらしい。喉に詰まりかけたオムライスを、水と一緒に流し込んでそつなく答えた。

「いえ、私は何も」

仲が悪そうだなってことくらいしか知らない。それはきっと、社内の情勢を気にする人なら誰でも知っていることだと思う。

「そうよねえ……いくらなんでも、仕事の話を漏らすタイプじゃなさそうだし」

はい、その通りです。

こくこく素直に頷いていると、それ以上追及はされなかった。けれど、社内で何かが起きている、そんな気配をみんなが感じ取っているようだった。

そしてその仕掛け人が黒木さんだと誰もが思っている。

上層部で何かあれば、黒木さんの仕業《しわざ》。そんな共通認識ができているのがすごい。

今更だけれど、思わず感心して呟くと、情報通な女性社員が過去のことを口にする。

「社長の弟が常務になられた時、常務を後継者に推そうとした反社長派を黒木さんが一掃したでしょ。みんなその時のイメージがあるから、上層部で動きがあるとそんな気がしちゃうんじゃない？」

「そうですね……」

以前の私なら「怖いなあ」くらいで、まるで実感が湧かなかっただろう。実際に黒木さんと関わるようになると、さもありなんって思ってしまう。

「で、黒木さんなんでしょ？」

また一斉に視線がこちらに向いた。

「……さあ」

すみません。お役に立てず。

だって、結局のところ黒木さんが何をしていたのか、私は何も知らないから。そんな私が、迂闊《うかつ》に何かを話すことなんてできないんですよね。

しかしその後、人事部長が本社からいなくなる噂に信憑性《しんぴょうせい》を持たせたのは、やけに青ざめた顔でおとなしくパソコンの前に座っていた井筒先輩だった。

どうしたんだろう。いつもの先輩らしくない態度が気になって見ていると、総務課長から井筒さんに声がかかった。

「……何か用ですか？」

不愛想に眉を顰《ひそ》めた顔は、上司に向けるものではない。しかし課長はそれを咎《とが》めることなく、「いいから来なさい」と言ってミーティングルームに彼女を連れて行った。

やっぱり、何かがあるんだ。

ふっと、ある時の黒木さんとの会話を思い出した。

……まさか、と思う。けれど、私はあの時、何もしないでと言ったはずだ……でも、このタイミングで総務課長に井筒先輩が呼び出されるということは、やっぱり人事部長絡みかもしれない。

それにしても、黒木さん不在の社内なのに、なぜか存在感が半端ない。むしろ増しているのはどうしてだ。

数分後、ミーティングルームから井筒先輩の甲高い声が聞こえてきた。

「なんでそんなとこに異動しないといけないのよ⁉」

ミーティングルームは完全個室だから、よほどでない限り中からの声は聞こえない。聞こえたとしても、何を言ってるかまではわからないので、個人的な話や内示がある時はその部屋を使うことが多い。

「……井筒さんも異動……」

「まあ、妥当というか、当たり前じゃない？　頼みの綱の人事部長がいなくなるんじゃさあ……」

「で、人事部長は？　結局どこに飛ばされんの？」

「いや、そこまではまだ」

「その後は誰になるんだろ」

「今度は公私混同しない人選んでほしいわ。コネ入社とか認めない人」

ミーティングルームから漏れた井筒先輩の金切り声にざわついた総務課だったが、先輩のことよりも人事部長とその後の人事に話はすぐに流れた。

……先輩、どこに異動になったんだろう。

気になってミーティングルームを見ていると、いきなりバンッと勢いよくドアが開いた。そして、中から険しい表情の井筒先輩が出てきて、総務内の会話がぴたりと止まる。

先輩は唇を噛みしめたまま、周囲に目を向けることなく自分の席までくると手荷物を持って総務課を出て行ってしまった。

「えっ……え⁉」

まさか、帰るつもり？

今から異動ってことはないはずだ。ミーティングルームへ視線を戻しても、課長が出てくる気配はない。

……クスクスクス。

囁《ささや》くような笑い声がした後、何事もなかったようなキーボードを叩く音や書類を繰《く》る音が聞こえ始める。

私は、総務課のこの空気が以前から嫌いだった。井筒先輩がろくでもないことは私だってわかっている。だけど、自分たちは逃げてばかりで誰も表立って彼女に何か言ったりしないくせに、陰で笑うのだ。

私だって、それほどできた人間ではないけれど……

もやもやと胸を占める感情に、悩んだ末。

「天沢さん？　どうしたの？」

「ちょっとだけ休憩行きます」

このタイミングで出て行けば、井筒先輩を追いかけたと思われるかもしれない。それでも、どうしても井筒先輩をこのままにしておけなくて、私は椅子から立ち上がり、早足に彼女の後を追いかけた。

あの雰囲気からして、恐らく戻ってくるつもりはないのだろう。ということは、行き先はロッカールームだから、エレベーターのほうか。

そう当たりをつけて、真っ直ぐそっちに向かったら、案の定、いた。

「井筒先輩！」

声をかけて小走りに駆け寄ると、彼女はちらりとだけ振り向いてすぐに前へ向き直った。

「どこに行くんですか」

「帰んのよ」

「異動されるんですよね？　気に入らないからって仕事を放り出して帰るのはダメですって」

「うっさいわね！　もう辞めるからいいのよ！」

まるで子供だ。一瞬、呆気にとられたものの、エレベーターの階表示が動くのを見て彼女の肩を掴んだ。

「何よ、引き留めたって無駄よ」

「いいえ、そんなつもりはないんですが」

うん、本当に。引き留めるつもりで追いかけてきたわけではない。だって、この人は何を言ったたって聞かないし。

そういう人種だって諦観《ていかん》していたはずなのに、じゃあなぜ追いかけてきたのかと聞かれると、私自身よくわからなかった。

「じゃあ何よ。あんたも私のこと馬鹿にしてるんでしょ」

拗《す》ねた口調の井筒先輩を、とりあえず人目に付かない場所まで引っ張っていく。

「馬鹿にしてるとか、そういうことじゃなくて……腹が立っても社会人として必要最低限のことって、あるじゃないですか」

「皆して私のこと笑って、あんなところで仕事なんてする気にならないわよ！」

カッと牙を剥《む》くような顔で言い返された。確かにあの空気は私も好きじゃない。だけど、あの状況を招いたのは、彼女自身である。今更関係の改善は望めなくても、無責任に仕事を放棄する言い訳にはならない。

「どっちにしたって来週には異動でいなくなるんだし、辞めるって言ってきたんだから今いなくなったって一緒でしょ」

悔しそうに顔を歪《ゆが》めながらそう言うものだから、つい私も言ってしまった。

「一緒なわけないです。社会人なんだから、内示が出たらある程度従うのは当然じゃないですか。異動先、どこだったんです？」

「……備品管理室よ」

「大事な部署じゃないですか」

会社の備品が何か、今どこにあるのか、次に使用申請をしているのはどこか、全部管理している場所だ。目立つ部署ではないかもしれないが、中には貴重な備品や高価なものだってある。それらの采配をする場所なのだから、私なら喜んで行くけれど。

「あんな日陰部署で働くくらいなら辞めるわよ！」

あまりの言いように呆気にとられる。だが、本当に先輩が辞めるつもりなら、こういう話をできるのもこれが最後だろう。

そう思えば、続いた言葉は辛口になった。

「どこに行っても、先輩が変わらなければ同じでしょう」

井筒先輩の顔が「は？」と口を開いた状態で固まった。しかし、そんな顔をされても発言の撤回はしない。

「今までと同じように無責任な勤務態度のままなら、どの部署だって会社を変えたって今と同じだと思います」

これまでも言ってきたことなのに、今になってそんな衝撃を受けた顔をしていることのほうが、私には衝撃だ。自分が追いやられる立場になって、やっと耳に届いたということだろうか。

「皆に笑われるのは、これまでろくに仕事もしないで遊んでいて、周囲との関係も作ってこなかった先輩のせいですし」

「なっ」

顔を真っ赤にしてこちらを睨《にら》んでくるが、若干涙目でムキになっているのがよくわかる。

「なっ、なっ……何よ！　あんたにそんなこと言われる筋合いないわよ！」

「筋合いはないですけど、散々振り回されてきた恨みはあるので、つい。意に沿わない異動だっていうけど、自業自得《じごうじとく》だと思います」

一度言い始めたら中々どうして止まらないものだな。だけど、今、言わなければ。彼女に苦言を呈《てい》する人が、この先いるかどうかわからないのだから。

井筒先輩の目がつり上がった。言い返してくるかと思ったら……怒りより悔しさのほうが勝ったようで、下唇を噛みしめている。

私は別に、先輩に仕返しをしにきたわけではないのだ。これが最後なのだと思うと、少しでも理解してほしいという気持ちが強かった。たとえ自己満足で終わっても、だ。

「……あんたもどうせ私のことを、男を物色してばかりの役立たずだって思ってるんでしょ」

先輩が、低い声で呟いた。

「えっ……え、いえ、そこまでは」

まったく思ってない……と、完全否定はしづらい。口ごもる私を、彼女はギッと強く睨《にら》んでくる。

「高収入の男と結婚したいと思って何が悪いのよ。顔だっていいに越したことないじゃない。結婚したら毎日見るんだし。誰だってそうでしょ」

俗っぽすぎて、いっそ清々《すがすが》しいな！

彼女の言い分を聞いていて呆れながらも、ちょっとだけ感心した。多分、この自分に正直でブレないところが、彼女の強みなのだろう。

「それは、そうかもしれませんね。別に悪いとは思いません。婚活だって必要ですしね」

「そ、そうでしょ。あんただって」

「人様に迷惑をかけなければ。仕事はしっかりこなしとかないと、婚活の効率も悪そうだし」

「……」

「あ、あと、薬を盛ったりは絶対ダメです。そのうち捕まりますよ」

よくよく考えれば、黒木さんが相手にしなかったからよかったけれど、通報されたら普通に捕まってたんじゃないかと思う案件だ。

「別に、そんな危ない薬じゃなかったわよ！　私も使ってみたけど、なんてことなかったし！」

使った……使った!?　あの媚薬を!?

「……馬鹿じゃないですか！」

ほんっとに、馬鹿じゃないですか！　今日一番にびっくりしたわ！

「うるさいわね、あんた一体何しに来たのよ？　恨み言ならもう聞かないわよ！」

さすがにちょっと恥ずかしくなったのか、井筒先輩の顔が赤い。そんな顔を見ていると、なんだかもう本当に、これが井筒先輩なんだなと妙に納得してしまった。

「気になったから来ただけです。あと、ここの総務に来たばかりの時、話し相手もいなくて先輩に助けられた時期があったので」

たとえそれが、私に仕事を押し付けようと下心があってのことだとしても、だ。その後散々迷惑をかけられたが、彼女の存在に安心した時も確かにあった。

私は一度姿勢を正すと、彼女に向かって頭を下げた。

「大変お世話になりました。ありがとうございました」

「……わかってればいいのよ」

「それ以上のお返しはしたつもりですけど」

結局、くだらない言い合いになったけれど、それでも少し区切りがついた気がした。こんな辞め方をする非常識な先輩だが、次の場所ではせめてもう少し、社会人らしい行動をしてほしい。

井筒先輩は、相変わらず私を睨《にら》んでいるが、その視線はなぜか最初ほど険のあるものではなくなっていた。

「まあ……いいわよね。あんたはエリート捕まえたんだし」

「先輩は社長を狙ってたんですよね？　それはもういいんですか？」

「いいも何も、もうどうしようもないもの。パパは多分、私と社長をくっつけて、こっちでの影響力を強くしたかったみたいだけど……榊《さかき》のオジサマはもうダメみたいだしね」

榊のオジサマ……と聞いて一瞬誰かわからなかったが、人事部長の名前だ、確か。

「偉い人たちの間で、何があったんですか？」

「さあ、よくわかんないけど、オジサマにとって都合の悪い人が高輪社長の味方についたみたい。ただでさえ、前の勢力争いの時に弟についた印象があるから挽回を狙ってたみたいだけどね。古河さんも多分、それで焦って黒木さんに近いあんたから情報聞き出そうとしたのよ」

「へ、へえ……そうなんですか」

あんまり期待せずに聞いたのに、思ったよりしっかりした情報が返ってきて驚いてしまった。

この人、実はそこまで馬鹿じゃないのかもしれない、とちょっと失礼なことを思いながら呆けていると、逆に質問された。

「あんたこそ、黒木さんから何か聞いてないの？」

「……詳しくは」

「ふうん……ま、古河さんには気をつけときなさいよ。榊さんに使われてたから、自分もどこかに飛ばされるかもって戦々恐々《せんせんきょうきょう》としてんじゃない？」

初めて、先輩から私を気遣うようなことを言われた気がする。驚いて目を見開くと、彼女はツンとそっぽを向いた。

「じゃあね」

少し照れている……ように見えたのは、気のせいではないと思う。彼女は、再びエレベーターに近づき、ちょうどそのタイミングで到着したエレベーターに乗り込んだ。

「お疲れ様でした」

改めてそう言うと、彼女が小さく手を振ったのが見えてすぐ、扉が閉まった。

本当に迷惑な先輩だったけれど、いざお別れとなるとなんとなく寂しく感じるから不思議だ。

小休憩、というには少し時間を取りすぎてしまったと、小走りで総務に戻る。そして、先輩に忠告された古河さんの急襲を受けたのは、仕事上がりのことだった。


その日の帰り、本社ビルを出てすぐのところで、ＩＤカードの入ったパスケースを首から外す。バッグに入れるため一瞬だけ前を見ていなかった。

直後、どんっと人にぶつかって、私は慌てて顔を上げる。

「す、すみません……？」

語尾が上がって、問いかけるようなイントネーションになってしまったのは、目の前に立つ人の顔色がものすごく悪かったからだ。

「え……古河さん？」

そういえば、先輩が気をつけとけって言っていた。けどまさか、その日のうちに来るとは思わないでしょ。

咄嗟《とっさ》に頭が働かなかった。

「……天沢さん。一週間ぶりです」

「え。あ。はい。一週間ぶり」

頑張って笑おうとしているところが、なんだか余計に不気味に感じる。

「……今、黒木さんいないんだよな？　頼みがあるんだ。ちょっとだけ、ちょっとだけでいいから」

「はいっ？」

がしっと、腕を掴まれた。

「お願い、ちょっとだけ付き合って！」

「えっ！　いやっ！　えっ！」

ぐいっと掴んだ腕を引っ張られ、無理やり進行方向を変えられる。

「ちょっと！　どこに行くんですか⁉」

早歩きの古河さんに引きずられるようにして歩かされ、呑気《のんき》に先輩の忠告を思い出している場合ではなくなった。

怪しい場所に連れ込もうとしたら大声を出してやると思っていたけれど、なんてことはない。ちょっと古めかしい喫茶店だった。

ふたり掛けの小さなテーブル席で向かい合わせに座る。背中を丸める古河さんは、パンと私に向かって拝むように両手を合わせてきた。

「……俺は、上司の言う通りに動いてただけなんだよ」

「はあ……」

「仕方ないだろ？　人事部長だぞ？　普通従うもんだろ？」

そうですね。その辺りは、井筒先輩よりずーっと立派な社会人だと思います。

ただまあ、思い出すのは、黒木さんの言葉だったりする。

「その人事部長がまさか失脚するとは思わないだろ⁉」

信じる相手を間違えるとこうなるってことか……恐ろしいな。会社って結構サバイバルなんだな。

「人事部長が失脚って、一体どうなるんですか？」

「高輪グループ傘下の地方企業立て直しに抜擢された。抜擢なんていうけど、地方に飛ばされたってことだよ。部長も社内での立場が大分危うくなってたから、焦って俺に情報集めさせようとしてて」

「ああ、それで先週のアレですか」

私が納得して頷く。すると、古河さんは合わせていた両手を組み合わせ、祈るように自分の額《ひたい》に当てた。

「た、頼む……黒木さんから何か聞いてないか？　俺のこと何か言ってなかった？　このまま本社にいられたとしても、もう出世は見込めないのかな……」

酷い怯《おび》えっぷりに、呆れて開いた口が塞がらない。そこまで怖がるようなことなのだろうか、案外小心者らしい古河さんになんだか同情の念が湧いてくる。

「ええっと、何も……社内のこととかは、特に。先週のことは、大分怒ってましたけど……」

そう言うと、古河さんの顔色は更に真っ白になった。

「でもそこまで怯《おび》えなくても。自発的に何か問題になりそうなことをやってたなら別ですけど、そうじゃないなら。理不尽な処分はしない人だと思いますよ」

人事部長は、もう長いこと自分の都合で人事を動かしていたらしいから、仕方ないんだろうけれど。

「俺はヤバいことはやってないよ、誓って！」

「だったら大丈夫じゃないでしょうか？」

「そ、そうかな？　それとなく、確かめることは……」

「勘の鋭い人なんで、そんなこと聞いた途端、なんで聞くのかって不審がられます。そうなったほうが怖くないです？」

「ひっ！　怖い！　それはまずい！」

「むしろこの状況が既に、知られるとヤバい気がしますが……」

ヤバい気がしてきたよ、まずは私がヤバくない？

古河さんと顔を見合わせる。彼は魂《たましい》が抜けたようになっている。

私は、意外にも独占欲の強い黒木さんを思い出し、知られたらきっと不機嫌になるだろうなと考えて逆に顔が熱くなってきた。

「頼むから言わないで。ここ奢《おご》るから」

「それは当たり前です」

無理やり引っ張ってきたのはそっちなんだから。

どちらにしろ、このことは黙っていたほうがいいな。わざわざ話すほどでもないし。

そう心に決めてひとり頷いていると、目の前の古河さんが何やらぶつぶつ呟いている。

「ま、まあ……今、特に目をつけられてないなら大丈夫か？　もうすぐいなくなるって話だし……」

最初、その呟きの「いなくなる」というのは、人事部長のことだと思った。けれど、何か違うニュアンスを感じて、彼の様子を覗う。そこで古河さんがはっとした様子で顔を上げた。

「そういや、天沢さんはどうすんの？」

「はい？　どう、とは」

「黒木さんが辞めた後だよ。天沢さんも一緒に辞めるのかと思って」

恋人なんだよな？　と尋ねられたが、私の思考回路は一時止まっていて、理解するのに時間がかかってしまった。

「えっ、黒木さん辞めるの？」

驚いて、ストレートに聞く私に、古河さんのほうが驚いている。

「えっ、いや、違うのか？」

「いやいや、古河さんが言ったんでしょ！」

思わず身を乗り出した。古河さんは、まさか私が知らないとは思っていなかったらしい。むしろ私が知らなかったことで、自分の情報に自信がなくなったように見える。

「部長が悪態ついてたんだよ。『あのクソガキがやっと本社から消えるっていうのに、なんで俺が』って……部長がクソガキって言うのは大抵、黒木さんか社長のことだからさ、で、社長が辞めるなんてことはないから、それなら黒木さんだろうって俺は思ったんだけど……」

確かに。社長が辞める……退任、というのはないと思う。高輪社長か黒木さんかで言うなら、黒木さんだろう。けど、私は何も聞いていない。

呆然とする私に、古河さんが何やら罪悪感を抱いたようだ。バツの悪そうな顔で慰《なぐさ》めてくる。

「まあ、なんか、間違いかもしんねえし」

「ほんとに？」

「いや……」

古河さんは、やっぱり部長が言ってた『クソガキ』が黒木さんのことだと確信しているようだ。しかもむかつくことに、古河さんの顔に、気の毒そうな、同情するような表情が浮かんでいる。

いなくなることを知らされていない、つまりその程度の関係なのだと古河さんに思われたということだ。

……ちょっと、これは、きちんと黒木さんに確認しなければいけない。

「いつ頃いなくなるんでしょうか」

「さあ。でも、全部が金曜の創立記念パーティに向けて動いてるみたいだから、それに合わせてじゃないか」

えっ。今週中？

っていうか、海外に出張したまま、もう戻らないとかじゃないよね。え、戻らないの？

さすがにそれはない！

頭の中で、疑問が出ては突っ込みを入れての繰り返し。だけど、結局私がひとりで考えたところで、答えは出ないのだ。そう気づいた時、バッグの中のスマートフォンが着信を知らせた。

「えっ、社長？」

「はっ⁉　社長？　天沢さん、社長とも連絡取ったりすんの⁉」

黒木さんが出張前に私のスマートフォンに登録させた、高輪社長の携帯番号だった。

目の前で目を白黒させている古河さんに構わず、私はすぐに指を滑らせてスマートフォンを耳に当てる。

「はい、天沢です」

『佳純ちゃん？　今ドコー？』

相変わらず大企業の社長という立場を感じさせない、軽い口調がスマートフォンから聞こえてきた。

「会社の裏の、古い喫茶店です」

『了解。今から行くねー。出入口にＩＤカード落としたみたいだよ』

「えっ⁉」

慌ててバッグの中を探ると、確かにない。そういえば、カードケースをしまおうとしたところを、古河さんに拉致《らち》られたんだった。どうやらあの時、落としてしまったらしい。

「えっ？　でもなんで社長のとこに」

『ん？　貴兄がそういう風にして行ったから』

ますますよくわからなくて絶句しているうちに、社長は『じゃあ待っててね～』と間延びした声で告げて電話を切った。

本当に、一体、何が起きているのか。今週、色々と社内で動きがあることを、黒木さんは全部予測済みだったのだなと、それだけは確信した。


古河さんは、社長が来ると震え上がってさっさと帰って行った。

そして私は、恐れ多くも、迎えに来てくれた社長の車の後部シートに一緒に乗っている。運転席とは小さな窓のついた仕切りで隔ててあり、後部座席の会話は運転手さんに聞こえない仕様だ。

「貴兄はさ、最初っから期間限定で入社したんだよ」

古河さんから聞いた話を高輪社長に確認してみたら、あっさり真実だと認めた。

高輪社長の足元を固めるために、黒木さんがお守りと補佐として親戚一同から依頼されたそうだ。本当は起業するつもりでいたのを黒木さんが渋々折れて、期間限定で社長秘書に就いたということらしい。

そうして、創立記念パーティを目処《めど》にお役御免になることが決まっていた。今週起きた事はとっくに根回しが済んでいた出来事が公《おおやけ》になっただけで、彼の最後の一仕事だったそうだ。

更に創立記念パーティで、何がしかの発表があるという。

「じゃあ、今彼が、海外に行っているのも、何か関係があるんですか？」

「まあ、海外支社に行ってるのは嘘じゃないけど……」

「それ以外にもあるってことですか」

「……そこは貴兄から聞いて」

俺が勝手に喋《しゃべ》っていいかわからないからさ、と社長は相変わらず、秘書の黒木さんより立場が弱いようだ。

私はむすっと唇を引き結ぶ。

こうもわからないことばかりだと、さすがに拗《す》ねたくなってくる。

「まあまあ、あんまり怒らないで。一番、事が動く週だからさあ、むしろ知らないほうが安全だと貴兄は思ったんだよ、きっと。念のために、佳純ちゃんに何かあったらわかるように手配してったのも貴兄だしね？」

「それです。手配って一体どういう？　まさかと思いますけど、一般社員に妙な話を流していたりしてないですよね？」

だとしたら恥ずかしすぎる！

「さすがにそれはない。俺も貴兄も、一応社内で使える駒がいるんだよ」

「駒、ですか」

「そうじゃないと、こんなでかい企業動かせないってー、俺も貴兄も」

　笑いながら手をひらひらとさせて、結構怖いことを言う。頼りなさげに見えてもやっぱり社長なんだな、としみじみと感じてしまう。

「まあ、だから貴兄がいなくなっても、駒がいるから佳純ちゃんは心配しなくていいってことだから」

　多分、社長は私を慰《なぐさ》めようとしてくれている。心配を取り除こうとしてくれているのだろう。

　でも、そうじゃないのだ、と言いたい。私が今、不機嫌な顔をしているのは、心配しているのは、そういうことじゃないのだ。

「あっ、あっ、佳純ちゃん、そんなに怒らないでっ」

「……別に、怒ってはいませんが」

「ほんとに？　貴兄には、とにかくすぐに説明するように俺から言っとくからさ、連絡待ってて」

「いえ、結構です」

　ぴしゃりと言った私に、高輪社長は眉尻を下げている。

「そんなこと言わずに。あ、じゃあなんか伝言は？　伝えとくことはある？」

「……じゃ、ひとつだけ」

私は、ふんと鼻息を鳴らして言った。

「顔を見てしか話すつもりはありません、とお伝えください」

大事なことは顔を見て話そうじゃないの。声や文字だけだと、ろくなことがないんだから。

高輪社長は、きょとんと私の顔を見る。別におかしなことは言ってないはずだけれど、と首を傾げると、彼はとても楽しそうに笑い「了解」と答えたのだった。


翌日木曜。黒木さんの帰りが、金曜のパーティ当日、時間ギリギリになると社長が知らせてくれた。どうやら社長は私の伝言を黒木さんに正しく伝えてくれたようで、私のほうには一切連絡がない。

なんとなく、予測している。黒木さんはこの会社を辞めた後、元々予定していた起業に軌道を戻すのだろう。

できたら、遠いところじゃないといいな。

不意にそんな考えが浮かんだ。自分がすっかり黒木さんに堕ちている証拠のように思えて悔しい。同時に、なんだかすごく、すごく寂しくなってしまう。それを紛らわすように、私はぽりぽりと金平糖《こんぺいとう》を頬張った。

金曜のパーティは、夕方からである。黒木さんに出席するように言われていた私は、その日は昼までの勤務にしていた。

彼が買ってくれたワンピースに着替えて、できるだけ体裁《ていさい》を取り繕《つくろ》わないといけない。

「いいなー、天沢さん。パーティどんなだったか、また教えてね」

総務課の同僚たちは、まだ黒木さんがいなくなることを知らないので、呑気《のんき》なものである。

「天沢、もう上がっていいぞ」

課長から声がかかったのは、昼になる前だった。

「え、早くないですか？」

不思議に思って聞くと、ちょいちょいと手招きをされる。近寄ると、ちょっとだけ声を抑えて言われた。

「会場のホテルあるだろ。そこのフロントで名前を言え、ということだ」

「名前を言えばいいんですか？　フロントで？」

「案内してくれるらしい。着替えたりヘアメイクしたり、色々あるだろ」

……もしや、黒木さんの駒って課長？　だとしたらめっちゃ近くにいすぎてびっくりだ。でもそれなら、ＩＤカードを落とした時、すぐ社長のところに連絡がいったのも納得がいく。受付から問い合わせのあった課長が社長に連絡した、という経緯だったのか。

何はともあれ、これは黒木さんからの指示に違いなかった。


会場のホテルは例のバーがある、あのホテルだ。思えば、ここへ井筒先輩に呼び出されてから急激に私の周囲が変わったのだ。

あれからまだそんなに経っていないはずなのに……なんだかもう何か月も前のことみたい。

それくらい、私にとっては目まぐるしく、また鮮烈な日々だった。

人生って、ある日いきなり変わるものなんだな。というか、気がついたら変わってるもの、か。しみじみとそう思いながら、立派なエントランスを通り抜けた。

正直、時刻はかなり早い。当初は、着替えていつもより念入りにメイクして、適当に髪を纏《まと》めればいいかくらいに思っていた。だから昼食を食べてからでも十分間に合うと考えていたのだが、フロントに行くよう指示されたのが気になった。

私がフロントで名前を告げると、丁寧に部屋まで案内されたのだが……

「お客様、髪の毛つやっつやじゃないですかー！」

通されたのは、ロイヤルスイートの一室。そこには、簡単に摘まめるサンドイッチなどの軽食が用意されており、ネイルとエステとヘアメイクの準備ができていた。

今は、入浴させられた後、アロマオイルで髪を念入りに手入れしてもらっているところである。

「あ……ありがとうございます？」

顔を引きつらせながら、お礼を言う。これは、黒木さんに同伴してパーティに参加するのだから、きちんと見られるようになっておけということなのか。

だがしかし、慣れない。慣れてないんだよ、こういうの。疲れるよ……！

しかもエステのおかげで全身つるつるゆで卵状態にしていただいた。なんで全身？

全身は必要ないんだけど。

思った以上のハードスケジュールに疲れはしたが、肩こりはちょっと楽になっていた。

スモーキーピンクのワンピースに、黒のクラッチバッグとパンプス。髪はアップにはせず右側の髪を編み込みながら左サイドに流して、うなじと右の首筋を見せる髪型だ。

アップにしようと思っていたのでヘアメイクさんにお願いしたら、にこやかに却下された。

『ご指示がありましたので、このように』

『……さようで』

『とってもお似合いですよ』

誰の指示かは敢えて聞くまい。

準備がすべて終わって、ソファに座っている。そわそわして、クラッチバッグからコンパクトミラーを出した。

ヘアメイクをしてもらっていた時から、思っていた。鏡に映る自分が、まるで自分じゃないようで、つい何度も確認してしまう。

全身エステのおかげか、露出している肌の透明感が全然違う。いつもより、肌がワントーンは明るく白く見えて、それでいてほんのりと頬が染まって血色がいい。ファンデはそれほど厚く塗らず、目元も口元もナチュラルな色で上品に仕上げてもらった。

……これ、誰。エステ、すごい。プロ、すごい。

ひとしきり、自分じゃない自分を堪能して、コンパクトをバッグにしまう。そのついでにバッグの中を確認した。ハンカチとスマートフォンにリップ、それから金平糖《こんぺいとう》の入ったサプリメントケース。貴重品はこの部屋に置かせてもらって、パーティの間はこれだけあれば問題ないだろう。

ここで待っていればいいと思うんだけど。

パチン、と音を立ててクラッチバッグの口を閉めた時、リンゴンという鐘の音のようなドアフォンが鳴った。

ぴょん、と上半身が跳ねてしまう。あんまり慌てて出るのもかっこ悪いし恥ずかしい。そう思うのに、足は勝手に小走りになる。

ドアノブに手をかけ確認もせずに開けようとして、ギリギリで止まった。あんまり浮かれた顔を見られるのも癪《しゃく》だ。

「……どなたですか？」

できるだけ落ち着いた口調を心掛けてドア越しに声をかける。すると、すぐに思った通りの人の声で返事があった。

「俺だ」

俺って誰ですかねー。

心の中ではブーブー言いながら、ドアノブを押し下げた。人が通るだけの幅でドアが開いて、するりと人影が入ってくる。

黒木さんは、既にパーティ用の盛装だった。いつも通り黒が基調の色味だけれど、胸ポケットから覗くチーフの光沢《こうたく》や、ネクタイに斜めに入るピンクの細いラインが全体を華やかに見せていた。

ネクタイから顔まで視線を上げて、黒木さんと目が合った。

……あれ？

会ったら言ってやろうと思っていたこととか、色々あったのに、言葉が出てこなかった。たった数日会わなかっただけなのに、顔を見ただけで心臓の鼓動が速くなっていく。

ふっと、微笑んだ拍子《ひょうし》に少し下がる目元が優しくて。

「……ああ、よく似合ってるな」

きゅっと胸の奥が苦しくなった。

なんだか、会えただけで、もう全部いいかって思えてくる。

黒木さんの目は少しも私から逸れず、顔や髪、服と順に辿《たど》っているのがわかる。伸びてきた手が、私の左側に流され緩いウェーブのかかった髪に触れた。

「……まさかエステまで頼んでいるとは思いませんでした。パーティに出るからって、ちょっと大袈裟《おおげさ》すぎませんか」

ふいっと横を向いて、ようやく声が出た。見つめられることが恥ずかしくなって、照れ隠しの憎まれ口だけれど、本音でもある。こんなに色々してもらっても、私なんか誰も見ないのに。

しかし、黒木さんは首を傾げて言った。

「パーティに出るからというより、自分の女を着飾らせてみたかっただけだ」

――自分の女。

ぱく、ぱく、と数度口を開いてはみるものの、言葉が出てこない。それどころか顔が熱くなってくる。

自分の女、なんて、他で聞いたら腹が立ちそうな言葉だ。それなのに、黒木さんに言われたら嬉しくて、なんにも言い返せなかった。顔を合わせただけで私を喜ばせてしまうこの人が、本当に憎たらしい。

顔が赤くなるのを自覚しながら、黒木さんを睨《にら》んだ。視線に気づいた彼は、不遜な微笑みを返してくる。

「不安にさせたか？」

それは、彼が不在の間に起きた色々なことを含めての意味だろう。

いつもと同じ彼らしい表情を見て、再会するまで少しだけ感じていた寂しさも全部、嘘のように吹き飛んでしまった。

「いいえ、それほどでも」

真っ直ぐに彼を見上げて微笑む。背筋を伸ばして、彼がいない間に考えて出した答えを伝えた。

「黒木さんが言ったんじゃないですか。信じる相手を間違えるなって。だから、黒木さんのことだけ信じることにしましたが、よかったですか？」

色々情報があって混乱して、何をどう考えればいいのかわからない、そんな状態だった。その時に浮かんだのが、彼が私に教えたことだった。

私の騙《だま》されやすい部分を直したほうがいいのかと聞いた時、彼はそのままでいいと言った。

だから、私はこのままでいい。この先、彼の隣にいるのなら、これは必要なことだ。

私はただ、何があったとしても黒木さんを信じて待てばいいのだ。

間違ってない……よね？

首を傾げていると、彼の顔が今までで一番くらいに深く微笑んだ気がした。

気がした、というのは彼がすぐに上半身を屈《かが》めて、私の右側の首筋に自分の顔を隠してしまったからだ。

「それでいい」

首筋でそう囁《ささや》かれて、息がくすぐったくて肩を竦《すく》める。逃げるのを封じるように、彼の手が私の腰を支えた。

「お前はそのままでいい」

「あっ、ちょっ」

ちゅっちゅっと悪戯《いたずら》に首筋の肌を啄《ついば》まれて、慌てて声を上げる。このままじゃ立てなくされる。そんな危機感から膝を曲げて避けようとした。

「もう、黒木さんっ」

「なんだ」

「こんなことで誤魔化されませんよ！　説明はちゃんとしてもらいますからね！」

そう、信じるとは決めたけれども、説明はきちんとお願いしたい。それくらいの権利はあるはずだ。

怒った口調ではっきり言ったのに、黒木さんにはちっとも応《こた》えた様子はない。機嫌よくキスを続ける唇が、私の耳元まで上がってきた。片手で左側の首を支えられているため、キスから逃げられない。

「ああ、わかってる。説明するが、長くなるから後にしよう。パーティには出ないとな」

「そ、そう！　パーティですよ、早く行かないと」

「……いや、別に出なくても支障はないか？」

「何言ってるんですかダメですよ！」

多分、今、本気だったな？　本気で面倒くさくなったたな？

まったく冗談に聞こえない口調だったので、驚いて彼の胸を押し身体を離そうとした。だって、キスが終わらないのだ、ちっとも。

私の腰を支える手の力は緩まず、首筋を支える手の親指が顎《あご》を持ち上げ顔を上向かされる。

すぐに唇にキスをされるのだとわかって、慌てて言った。

「ダ、ダメです！　口紅が落ちちゃう！」

「後で塗り直してやる」

「塗るくらい自分でできますよ、そうじゃなくっ……」

なんで黒木さんが塗るの、それもおかしい。

だけど抗議は全部、彼の唇に呑み込まれる。

やわやわと唇を食《は》まれて、緩んだところに舌をぬるりと入れられれば、もう、それだけで脳は蕩《とろ》けてしまったのだった。

10　正しい媚薬《びやく》の使用法

高輪社長がにこやかに壇上で立っている。その隣には、薄紫色の鮮やかな着物を着た若い女性がいた。

ふたりを祝福する声と拍手の音が響き、私もそれに合わせて手を叩く。

「綺麗な人ですねえ」

「ああ、そうだな」

彼は壇上にはさして興味がなさそうで、シャンパングラスを手に別の方向を見ている。会場に着いて、必要な挨拶《あいさつ》回りを終わらせてからは、ずっとそんな感じだ。最初はわからなかったが、人間関係を見ているのだなと気がついた。

多分、自分が把握している関係に変化がないかとか、そういうことだろうか。邪魔することはできないので、私はまた壇上に視線を戻した。

パーティの途中、高輪社長の婚約が発表された。黒木さんが言うには京都の旧家のお嬢様で、彼女の父親が不動産関係に広く人脈を持つ名士だとか。これから先、高輪社長の後ろ盾にもなるということだ。社長に不満を持つ人に邪魔されないように、今日この時まで一切の情報が伏せられていた。

そりゃ、黒木さんが徹底的に社長のガードをするわけだなと思った。本人は、なんだかチョロそ……緩そうな雰囲気だし、黒木さんが口うるさくなるしかなかったんだろう。

……お父さんか。

「社長はすごく、にこにこされてますけど……あれ、彼女のほうはどうなんですか？」

「笑ってるじゃないか」

「口元だけですよね。社長見る時めっちゃ睨《にら》んで負のオーラ出てますけど、大丈夫ですか？」

恐らく政略結婚なのだろう。社長はまったく気にした様子はないが、お相手の方は何やら思うところがありそうだ。

婚約発表の場で、上手《うま》く取り繕《つくろ》えないくらいとなると、そんなことすらどうでもいいくらいこの縁談が嫌なのか。

「……あのふたり、上手《うま》くいくんでしょうか？」

「知らん。夫婦関係まで面倒見きれん。そういえば、佳純、お前なんなんだあれは」

突然、何かを思い出したように、黒木さんの眉間に皺《しわ》が寄る。矛先《ほこさき》はなぜか私で、首を傾げた。

「あれ？」

「業務連絡と何も変わらなかった」

一瞬、なんのことを言われているのかわからなかった。

「……あ。もしかして出張中に送ったメッセージのことですか」

そう、仕事に関係ないメッセージを送っていいかと確認した、あの件だ。その後、なんて送ろうかとちょっとウキウキしていたのだけれど、いざ送ろうとすると……照れるし思い浮かばなくて。よくよく考えてみれば、私は前の彼氏にも、用もなくメッセージを送ったりしなかった。

結果、私が最初に送ったメッセージは、彼がまだ飛行機の中ということもあり、着陸後に見ることを見越したものだった。

『長時間フライトお疲れ様でした』

そして、返ってきたメッセージは『ホテルに着いた』というひとことで、あ、これは黒木さんもあっさりタイプだなと納得したのだ。

……それなのに。
隣の黒木さんを見上げると、彼は取り繕《つくろ》うことなく本気で不機嫌な顔をしていた。
「あー……だって、何を送ったらいいかわからなくて。でも黒木さんもあっさりだった
じゃないですか」
「言い出したのはそっちだろう」
「それはそうですけど」
拗《す》ねた子供のようなことを言う。黒木さんは案外、こういうところは素直だ。もしか
して、期待して待っていたのだろうか。
そう思うと、ふにゃっと思わず口元が緩んで、それを黒木さんに見咎《みとが》められる。急に、
黒木さんが私の右の耳元に顔を寄せた。
私の髪のこちら側を見せるように指示したのは、このためだろうかとふと思う。私が
彼の左側に立つことが多いから。
ふわっと吐息が当たって無意識に肩を竦《すく》める。その場所で、囁《ささや》かれた。
「可愛いメッセージを送れるように、練習しないといけないな」
「……なんですか、可愛いメッセージって」
思わずクスッと笑ってしまうが、なぜか黒木さんの笑みは何か含みを持たせたような
もので。

意地悪でも、嫌味な感じでもないその笑みに、何かを感じた私は笑うのをやめる。

「これから、一年の半分はアメリカにいることになる。時差があるから電話もしづらい」

彼も微笑みを消して言った。その言葉に私は笑みどころか、表情が抜け落ちたような顔をしてしまったのだと思う。

……ああ。寂しい予感が的中してしまった。高輪社長から彼が最初から期間限定だったことや今回の海外出張のことで話を濁《にご》された時に、もしかしてと思っていた。

呆然と見上げる私を、彼は何も言わずに見つめている。言葉の代わりのように手を握られた。

「……もう行くか。そろそろ抜けてもいいだろう」

「えっ、でも、まだ」

「後は何もない。酒が深くなって騒がしくなるだけだ。それより話がしたい」

どちらにしろ、聞かなければ納得できないし、これからのことを考えることもできない。こくんとひとつ頷くと、黒木さんに手を引かれ、会場の外へ促《うなが》された。

彼が私を連れてきたのは、あのバーだった。客室に連れていかれ、雰囲気に絆《ほだ》されてなし崩しに抱かれるのは嫌だったから、少しほっとした。もっとも、黒木さんが話がしたいと言ったのだから、その言葉を信じてはいたけれど。

店の扉の前で、私はむっと唇を歪《ゆが》めて黒木さんを睨《にら》んだ。

「ちゃんときっちり話してくれるんですよね」

会社を辞めて遠くに行くなんてそんな大事なこと、海外出張に行く前に少しくらい話してくれてもよかったんじゃないかと思う。

しかし私の視線を受けて、彼はくっと可笑《おか》しそうに喉を鳴らした。

「あの夜は、びくびく怯《おび》えた顔をしていたのにな」

黒木さんは、そう言いながらバーの中へ足を進め、私はその後に続いた。確かにあの時は、決死の覚悟で黒木さんに近づいたのだ。怯《おび》えていたのも間違いない。必死に隠していたけれど、彼には丸わかりだったようだ。

込み入った話をするためか、彼はあの夜座っていたカウンターではなく、窓際のボックス席を選んだ。正方形のテーブルを挟んで、向かい合わせに座る。

「何を頼む？」

「さっきのシャンパンが美味《おい》しかった」

不機嫌さを隠さないままワガママを言ってしまって、すぐに後悔する。しかし彼は気にした様子もなく店員にオーダーしてくれた。

運ばれてきたのは、細長いグラスに入った薄いピンク色のシャンパンがふたつ。飲み口に苺を飾ったほうが私の前に置かれた。

肌で感じている。理解している。

少なくとも彼は、私を遠ざけようとはしていない。だから、大丈夫だ。

シャンパンのくるくる踊る泡をしばらく見つめ、それから背筋を伸ばして黒木さんに視線を移す。私に心の準備ができるのを待ってくれていたのだろう。黒木さんが、私と出会うずっと前からのことを、話してくれた。

大体のことは、私が社長から聞いた内容と一致していた。最初から、起業する予定でいたこと。ただ、高輪社長のサポートをするうちに海外の人脈が増え、起業の拠点をアメリカにすることを決め、そのために一年以上前から下準備をしていたとのことだった。

「次の秘書をアメリカ支社から連れて帰ってきた。引継ぎが終わったら退職して、向こうに行く」

「そうですか」

迷いのない言葉に、悟った。これは既に決定事項なのだ。

さっき、一年の半分は向こうにいると言っていた。つまり半分は、日本に帰ってくるってことだ。

普通の遠距離よりは、会える回数も多いんじゃないかな？

距離はすごく遠いけども。

そうやって、少しでも前向きに希望を見つけようとする。彼の仕事の、邪魔になるようなことは絶対にしたくない。

だけど、黒木さんの言葉にはまだ続きがあった。

「一年間あちらと行き来して本格的に始動すれば、完全にアメリカが拠点になる。いずれは日本にも拠点を置きたいと思っているが、しばらくは無理だろう。恐らく三年は帰ってこない」

「さん……」

三年……三年？　それは、ちょっと、長くない？

頭の中が真っ白になる。これは、どういう話なのだろうか、終着点が一気にわからなくなった。距離は遠くなるけれど、帰ってきた時は会えるから安心しろという話ではなかったのか。

最初の一年はいいとして、その後は三年後……私が会いに行くとしても、年末年始や夏季休暇といった長期休暇でなければ不可能だ。

そんな状態で、三年も、私は待てるだろうか……？

じわっと目頭が熱くなる。泣いたらダメだと思うのに、我慢すればするほど唇が戦慄《わなな》いて、泣き言を言ってしまいそうになった時——

「だから、一年の間に準備して連れて行きたいと思っている」

耳に聞こえた言葉に、ぱちぱち、と瞬《まばた》きをした。

今にも泣きそうになっていた私の目から、驚いた拍子《ひょうし》にぽろりと涙が零れ落ちる。

慌てて指で涙を拭って、もう一度黒木さんを見つめた。

「え……誰を」

「この流れで、お前以外に誰がいるんだ」

黒木さんが呆れたような顔をして、それから更に言葉を重ねた。

「一年は行ったり来たりになるが、日本にいる間は時間が比較的自由に取れる。準備するにはちょうどいい」

「準備」

それは、私が向こうで暮らすための準備ということか。英会話とか……それは習えばなんとかなると思うけれど、両親はどう思うだろう。仕事の関係でと言えば聞こえはいいが、つまりは好きな人について行くということになる。

一気にいろんなことが頭の中を駆け巡《めぐ》った。しかし、その答えも黒木さんは既に用意していたようだ。

「結婚したいと思っている。いい加減な関係で佳純をアメリカに連れて行くわけにはいかないだろう」

思いもよらなかった言葉に、私は呆然と膝に載せたクラッチバッグの上でぎゅっと手を握りしめた。

だって、なんの心の準備もしていないところに「結婚」なんて言われたのだ。

大体、ちょっと待ってほしい。だって、いくらなんでも……私たちはつい先日、関係を持ったばかりなのた。

付き合おうとか明確な言葉はもらっていないけれど、そこはそういう始まり方だと、納得していた。ちゃんとそのつもりでいてくれているのだと、大切にしようとしてくれた彼の気持ちを受け取ったと思っている。

だけどそれが、いきなり結婚なんて。

「け……結婚って、そんな、簡単に」

「簡単に決めるわけがないだろう」

「だって、付き合いだって、まだ始まったばかりなのにっ……」

嬉しくないわけはない。だけど、起業のタイミングがあるからといって、そんな風に決めていいものなのか。

黒木さんは、本当にそれでいいのか、後悔しないのか、それが怖かった。しかし、彼はさも当然のように言い放つ。

「俺は、結婚する気もないのに、女と付き合おうと考えるほど暇じゃない」

つまりそれは、私とは最初から結婚を前提に付き合おうと思ってくれたという意味で。

思えば、彼にとっては渡米することは大前提だったのだ。その先のことも。なのに、私とこういう関係になったということは、最初から全部考えてのことで。

私が思うよりも、ずっと真剣に考えていてくれたのだとわかって言葉を失う。

……どうして。

自分に、そこまで黒木さんに思ってもらえるような要素があるとは、正直思えない。

その疑問が、ストレートに口をついて出る。

「な、なんで……」

「直感に近いものかもな。そう思えた相手は佳純が初めてだった」

そんな不確かな、と思う。けれど黒木さんが不在のこの数日、無条件に彼の言葉だけを信じると決めた、私のそれもまた直感に近いのかもしれない。

理屈じゃない、その感覚は、確かに私にもある。

だからといって、これは一生を左右することで、ただ嬉しいからだけで返事をするのは躊躇《ためら》われる。

あと少し、背中を押してくれる何かが必要だった。

「わ、私が、すぐには決められないって言ったら？」

どきどきしながら、そう尋ねる。それならいらないと言われたらどうしよう、と不安が頭を過《よぎ》る。ぎゅっと身体に力が入って、クラッチバッグを握りしめた。

「……そうだな」

考えるような声が聞こえた。心臓が苦しいくらいに高鳴っている。

黒木さんが背中を椅子の背凭《せもた》れに預けた。長い脚を組み、その上で両手を組み合わせる。一連の仕草が、至極ゆったりとしていて私はそれに見惚れてしまう。

「それなら一年かけて、ゆっくり説得しようか？」

ざわ……と産毛《うぶげ》が逆立った。お腹の奥がきゅんと鳴く。

あ、これ逃げられないやつだ、と本能がそう悟った。

目眩《めまい》がしそうだ。彼の留守中、すっかり癖になってしまった、金平糖《こんぺいとう》のケースに無意識に手が伸びてぎゅっと握った。

多分、私の顔は真っ赤に染まっているだろう。こちらの動揺なんて、黒木さんじゃなくても丸わかりだ。対する黒木さんの顔に浮かぶのは、相変わらず余裕の笑みというやつで。

「決心がつかないなら、今夜は逃がしてやってもいい」

「こ、今夜は？」

「今夜のところは。性急すぎるのは理解している」

オウム返しにする私に、黒木さんはわざと言葉を強調するよう言った。その通り、事態が性急すぎるのだ。今日一日の情報量が多すぎて、頭が追い付かない。

視線を合わせたまま迷う。すると、黒木さんの目がふと、別の場所に逸れた。

「俺といるのは怖いか？」

「えっ？」

「俺の前で、びくびくしている割に、真っ直ぐ見てくるのが、面白かったなと思って」

カウンターを見ながら言った。そのセリフで、彼が最初の夜のことを思い出しているのだと気がつく。

「今も怖いか」

勢いよく首を横に振った。あの時は確かに怖かったけれど、今はちゃんと彼の優しさを理解している。

すると、彼が口元を綻《ほころ》ばせた。少しだけ、嬉しそうに。

「なら、今夜はそれで許してやる」

今夜逃げてもいつかは捕まえる。その微笑みは言外にそう伝えてくる。

そして、一年後にはきっと、彼の隣で——

頭に浮かんだのは、白いドレスを着た自分の姿だった。それを想像した自分自身に、はっとする。幸せそうに笑っているのは、きっと私が、それを望んでいるからだ。

「……帰りません」

気づくとそう呟いていた。

「無理しなくていい。心配しなくても諦めるわけじゃない」

「そうじゃなくて……」

そうじゃなくて。求められるだけじゃなくて、流されているわけでも、恐いから従うわけでもなくて。

帰らない、というだけでは正確には伝わらないみたいだ。

ふと思いついて、サプリメントケースから金平糖《こんぺいとう》を数粒手のひらに出して、目の前のシャンパングラスに落とす。黒木さんが不思議そうにそれを見ていた。

くるくる踊る泡の下へ、薄桃色の星が沈んでいく。グラスの底に落ちたのを見届けると、そのグラスをそっと彼に差し出した。

「媚薬《びやく》を入れました。飲んでくれますか？」

あの日は、媚薬《びやく》を盛られた彼が心配で、仕方なく関わることになった。だけど今は自分の意思で、あなたのものになりたいと思っている。

だからあなたを誘惑したい。

「こんなに人を夢中にさせておいて、今更帰すなんて言わないで」

じわじわと恥ずかしくなってきて、照れ隠しに唇を尖らせて彼を睨《にら》む。シャンパングラスを見ていた彼が、視線を上げて私に聞いた。

「それは、返事と受け取っていいんだな？」

私が小さく頷くと、彼は金平糖《こんぺいとう》入りのグラスに手を伸ばし、一息に飲み干した。最後に、かりっと口の中で金平糖《こんぺいとう》を噛み砕く。

そうして彼が浮かべた笑みは、ぞくりとするほど蠱惑的《こわくてき》で。私は甘い期待に身を震わせた。

このホテルのスイートは、客室の入り口からベッドルームまで距離がある。その間ももどかしく、浅いキスをしながらもつれるように歩いた。会話らしい会話はほとんど交わさず、ただ歩きながら指先に首筋をくすぐられて目を細めたり、それを見た黒木さんが微笑んだりする、そんなコミュニケーションを交わす。ベッドの近くまできたところで、キスがより深くなった。

「んっ、んっ……」

黒木さんの口の中へ、私の舌が招き入れられる。お酒の匂いがした。舌を絡めざらざらした金平糖《こんぺいとう》の欠片《かけら》を押し付け合っていると、口内に甘い唾液が流れ込んできた。それを反射的に飲み込んだだけで、頭の芯が蕩《とろ》けてくる。

身体に力が入らなくて黒木さんの上半身にしがみつくと、腰を支えてくれた彼が小さく笑った。そうして私の両手を取って、自分の首に回させる。

「ほら、しっかり立て。俺に媚薬《びやく》を飲ませた責任は、取ってくれないと」

そうは言うけれど、今まさにトロトロになっているのは私のほうだ。

ほんのり金平糖《こんぺいとう》の味が残るキスを交わしただけで、もう足腰が立たなくなっていた。

どうにか彼の首筋に縋《すが》りつく。彼は、キスをしながら上着を脱いで、床に落とした。私が背伸びをしないで済むように、腰を曲げて上半身を低くしてくれている。おかげで、キスに集中できた。

浅く舌を絡ませていると彼の唇が逃げて、追いかけるとあやすように頬や首筋の肌を啄《ついば》まれる。そうしている間に、彼は腕時計を外し自分のシャツの襟《えり》元を緩めていった。その手が仕事を終えて、やっと私の身体に触れる。

片手で腰を抱き、もう片方の手が私の首筋から襟《えり》元を撫でた時、思わず吐息が零れた。

「綺麗だな。本当に、よく似合ってる」

私の全身をプロデュースした彼は、仕上がりに大変満足している様子だ。私を見下ろし、うっそりと笑みを深くする。指先が襟《えり》ぐりを辿《たど》って首の後ろへ回る。わざとらしく時々指が肌を掠めて、それがとてもくすぐったい。

「どうやって脱がそうかと考えていたが、すぐに脱がすのはもったいないな」

そう言いつつも、指がファスナーの先を摘まんで、あっさりと下ろしてしまった。

しかも、返す手ですぐに下着のホックも外し、私の上半身は途端に心もとない状態になる。

素肌の背中に手を当てられた直後、黒木さんの身体が押し進んでくる。私はあっけなく、後ろにあったベッドに押し倒された。

「……悪い。少し、余裕がない」

「えっ……ひゃあっ」

両手がワンピースの裾《すそ》から中に入り込み、さっと太腿から上へまで撫で上げたかと思うと、腰を持ち上げ下着と一緒にストッキングをまるっと脱がしてしまう。そのまま両脚の膝を持たれて、大きく開かされた。

「あ……あ……」

かあっと身体中が火照《ほて》る。まだ中途半端にワンピースは着たままで、下着だけ性急に取り去られ、恥ずかしい場所を彼の目に晒《さら》している。

考えただけで、身体が震える。恥ずかしさで目が潤《うる》んだ。だけど、じっとその場所を見る黒木さんの表情は、本当に余裕がないように見えた。

軽く眉を寄せ、はあと熱い吐息を零し自分の中の熱を逃がしているみたいだった。

「キスだけでもうとろとろだな」

言われた途端に、潤《うる》んだその場所が疼《うず》いてひくついたのがわかる。きっとそれを、彼にも見られた。

「……可愛い」

ふっと微笑まれて、泣きそうなほど恥ずかしくなる。彼が眼鏡を外して、ベッドの脇のテーブルに置いた。

　そして、すぐさま開いた脚の間に口づけてくる。余裕がない、と彼が言った通り、事を急《せ》いている印象はあるけれど、それでも触れてくる唇は優しかった。

「ふあっ、ぁあああ」

　舐《な》められることを既に教えられたそこは、簡単に快感を拾い上げていく。舌が襞の間を掻き回す。くちゅ、と控えめだった音は彼の唾液も混じって、すぐにぐちゅぐちゅとはしたない音に変わった。

　襞の上部にある膨らんだ蕾《つぼみ》を舐《な》め上げ、舌がそこに留まる。上下に転がしながら唇で啄《ついば》み、熱心に愛撫《あいぶ》を施《ほどこ》していく。そうしながら、自分のシャツのボタンをすべて外してしまった。服を乱しながらの口淫。あまりに淫靡《いんび》な光景におかしくなりそうで、無意識に頭を左右に振る。

　じゅるる、と音を立てて蕾《つぼみ》を吸われた。

「ひああっ！」

　あまりの快感に、咄嗟《とっさ》に両手が彼の頭を押し返そうとする。その手を黒木さんの手が掴み、私に自分で脚を抱えるように誘導した。

　こんなこと、恥ずかしいのに。私は必死に自分の脚を抱えて、彼の与える愉悦《ゆえつ》を甘受する。黒木さんの指が、蕾《つぼみ》の周辺を軽く押し広げる。包皮から露出した花芽に彼の唇が、そっと優しく口づけた。

「あああああっ」

がくがくと腰が震える。溜まった快感が弾《はじ》けて、雷に打たれたように喉が仰《の》け反《ぞ》った。

「ひっ、あっ、あっ」

啄《ついば》まれる度、花芽を唇でしごかれる度、ひくん、ひくんと身体が跳ねる。抗《あらが》えない快感に、頭の中で何度もチカチカと火花が散って、やがて真っ白になった。悲鳴を上げて達した私の身体が緩んで、ようやく花芽が解放される。

くったりとベッドに脚を投げ出すと、どっと汗が溢れ出す。自分の乱れた息遣いが耳について、しばらく何も聞こえなかった。

パチン、とゴムの音が微かに聞こえたのは、どれくらい経ってからだったんだろう。すぐにばさっとシャツを脱ぎ捨てる音がして、薄く目を開けた。私の脚の間に、たくましい上半身を露《あら》わにした彼がいる。

気づいた時には、私の腰を掴んで引き寄せ、ぐうっと熱い楔《くさび》が蜜に潤《うる》んだ膣の中を押し進んでいた。

「ふぁ、あああぁ……」

繋がる感触に陶然《とうぜん》とする。やけに苦しく感じるのは、今日は指で解《ほぐ》していないからだろうか。

背を反《そ》らして彼を受け入れている私の片脚を、黒木さんが抱き寄せて、くるぶしの辺りにキスをした。

優しい仕草とは裏腹に、ひどく獰猛《どうもう》な目に見つめられて、ふるりと身体が震える。けれど彼はすぐに瞼《まぶた》を閉じて、その熱を隠してしまった。脚にキスを続けながら数度慣らすように腰を動かしてくる。

「あっ、ん、んっ……」

小さく喘《あえ》ぐ私をよそに、彼はずっと無言だ。時々喉から唸《うな》るような声を出して、眉根を寄せている。

腰を掴んでいた手が、まとわりつくワンピースの布地を胸の下までたくし上げた。その手で、下腹を撫でる。熱い楔《くさび》をみっちりと埋めた状態で、ふたりが繋がっている場所の少し上にある花芽に親指が当てられた。

「ひあっ」

さっき、そこで達したばかりだ。今も痛いほど疼《うず》いているところに触れられ、びくんと身体が緊張する。

「く、黒木、さんっ……そこ、やぁっ……」

過ぎた快感に怯《おび》えるように襞がひくついた。彼を見上げる目が涙で潤《うる》む。中に彼を受け入れた状態で過敏なその場所を刺激され続ければ、私はどうなってしまうのか。

親指が花芽を離れ、繋がる場所まで下りて蜜をまとわせ戻ってくる。触れただけで、ひくっと全身が震えた。彼は、一番奥をぐっと押し上げながら、親指でゆっくりと花芽を撫でてくる。

「あああっ、やだ、やあっ……んあああ」

とても緩やかな指の動きなのに、身体が感じる愉悦《ゆえつ》が深い。全身が戦慄《わなな》き、私は中にいる彼をきつく食い締めてしまった。

下腹部の繋がる場所か、それとも親指の愛撫《あいぶ》を受ける小さな芽のほうか、どちらかはもうわからない。ただ、腰の辺りからじんと痺《しび》れるような甘い熱が波になって全身に広がっていった。

親指を震わせ、ツンと尖った花芽を揺らされて私は悲鳴を上げる。

「ひ、あああああっ！」

脚を大きく開いたまま、浮き上がった腰が揺れる。がくがくと全身を震わせて仰《の》け反《ぞ》った瞬間、息が止まった。

「あっ！　あ！」

頭の中も視界も、真っ白になる。激しい痙攣《けいれん》の間、彼は腰の動きをゆったりとしたものにしていた。私の反応を確かめるようにしながら、じっくりと蠕動《ぜんどう》する中を味わっているように思える。

「っは、あああぁ……」

今思い出したように、大きく息を吸い込んだ。強張《こわば》っていた手足の感覚が戻ってきて、今度は逆に力が抜けてシーツの上にぱたりと落ちる。

「よかったか？」

沈黙して私を攻め立てることに徹していた彼が、嬉しそうな声音で言った。私は目を開けて彼を見ようとしたけれど、まだ視界がぼやけていて黒木さんの表情が見えない。

まだひくひくと震えている下腹部を優しく撫でる。その手つきとは裏腹に、彼は再び、今度は二本の指で花芽を摘まみ上げた。

「ひあっ！」

びくびく、とまた身体に力が入る。蜜で滑る花芽を二本の指が器用に扱《しご》きながら、膣壁の中を擦り突き上げた。

そこは、もう、だめ。

触れられたらダメになる。

喘《あえ》ぎながら、呂律《ろれつ》の回らない状態で必死に訴える。それなのに、黒木さんは花芽を弄《いじ》るのをやめてくれない。どうにかそれを止めようと彼の手首を掴んだけれど、びくともしなかった。

全身に汗をかき、黒木さんの手に爪を立て、涙を流しながら髪を振り乱す。くりっと親指が花芽を押し潰し、それと同時に最奥《さいおう》を強く抉《えぐ》られて、私は声もなく全身を痙攣《けいれん》させた。

「……ぁ、……ぁ、ぁああ」

細く長く、小さな声を絞り出し、やがて身体が弛緩《しかん》する。頭がくらくらして、たまった唾液を呑み込む力もなかった。彼の手首から手を離し、ぐったりとしていると、黒木さんの身体が私に覆《おお》い被さってくる。

……ああ、多分、彼は、まだ、イッてない。

ぞっとしたけれど、だからといって、彼を止める術《すべ》は私になかった。

そうこうする間に、黒木さんが私を抱えたまままくるりと体位を反転し、私が上になるようにする。

「ふぁぁあ」

繋がったまま彼を跨《また》ぐような姿勢になって、自分の重みで彼を奥深くまで迎え入れてしまう。身体の力が入らなくて、彼の腹部に両手をついて上半身を支えた。

そんな、ぐだぐだの状態の私を見上げる彼と、目が合った。私を散々イかせたからか、多少気持ちが落ち着いたらしい。

先ほどよりは、目つきが柔らかくなったように思う。

「ほら、しっかりしろ」

「んっ……」

「乱暴にして悪かった」

汗だくの額《ひたい》や頬を、大きな手で撫でてくれる。それから、ウェスト周りにくしゃくしゃに絡みついたワンピースとブラを、私の両腕を持ち上げて抜き取ってくれた。布地がまとわりつく変な拘束感がなくなり、ようやく身体が少し楽になる。

彼が顔や首筋を指の背で触れてくるから、くすぐったくて肩を竦《すく》めた。

「疲れたか」

「んん……」

疲れたに決まっている。私ひとりだけ、散々喘《あえ》がされて何度もイかされたのだ。満ち足りたような幸福感にこのまま目を閉じて、眠ってしまいたくなる。

「まだ寝るな。もう少し頑張れ」

あんまりにも優しい声で宥《なだ》められれば、どうにか頷いて目を開けた。

目を細めた彼は、私の上半身を辿《たど》るように撫で、静かに抱き寄せてきた。ぺたりと彼の上に上半身をくっつけた姿勢で、包まれるように柔らかく両腕で抱きしめられた。すごく、大切に抱かれている気持ちになる。さっきまでだって、激しいだけで少しも乱暴じゃなかった。だけど今は、ひたすら温かくて柔らかい。

ほう……と息を吐いて、黒木さんの肌に頬を摺り寄せる。そうしたら、少し視線の上に見えた彼の喉仏が動いて、その後小さく笑った。

「お前は、何度かイッたら途端に甘え上手になるな」

そんなことを言われても、もう何もわからない。彼はからかうように言いながら、私を抱きしめた状態で髪を撫で、ゆっくりとした動作で腰を揺らし始めた。

あん、あん、と。

さっきまでのような切羽詰《せっぱつ》まった喘《あえ》ぎじゃなくて、本当に甘えているみたいな声が出た。そんな私を、彼が受け入れてくれているのがわかる。

「気持ちいいか」

耳元でそう囁《ささや》かれて、うっとりとしながらこくこくと頷いた。

甘く優しい、穏やかな快感に、脳まで溶けていく。片手がすっと背中を撫で下り、尾てい骨の辺りを指先で軽く掻く。そんなところが気持ちいいなんて、知らなかった。くすぐったいような刺激と、優しく奥を揺らす熱。全身を黒木さんに預けたまま喘《あえ》いでいると、唇に啄《ついば》むようなキスが降ってくる。

「んっ……ぁ、ふ……ぅん」

私の首筋を支えながら上向かせ、指先が耳をくすぐった。キスはその間も続いていて、唇を甘噛みし舐《な》めて甘やかす。

柔い刺激が、身体のあちこちから送られてくるみたいだった。今は互いの肌が擦れ合うだけでもぞくぞくする。

「黒木、さ……あんっ……も、おか、しく……っ」

さっきは強引に身体を快感まで導かれ、今度は深く甘い愉悦《ゆえつ》の中に沈められていくみたい。

どっちにも言えることは、おかしくなりそうなほど、気持ちがいい。

仰向けに寝て私を抱きしめていた彼が、上半身を起こした。対面座位の姿勢になると、頭を片腕で抱かれて、二の腕辺りに凭《もた》れかかる。キスが耳に移り、耳朶《じだ》や縁を舐《ねぶ》った後、耳孔を舌先がくすぐった。

「や、あああ」

「佳純」

耳元で名前を呼ばれて、きゅうとお腹の奥が疼《うず》いて彼を締めつける。同時に、彼の息遣いが一瞬乱れて、心地よさげな吐息が漏れた。

私だけじゃなく、彼も気持ちいい……？

それが嬉しくて、もっと気持ちよくなってほしくて、そして少しの悪戯心《いたずらごころ》も手伝って、私はわざと中を締めつけた。

「……っ、佳純っ」

「ん、ん……っ」

低い声が漏れて、その声に励《はげ》まされるように何度も小刻みに力を入れる。すると、ずっと緩やかな動きをしていた彼が、突然私のお尻に両手を回しぎゅうときつく抱きしめた。

「んあああっ」

下肢がより密着し、深く奥まで彼が届く。喘《あえ》いだ私を見下ろす彼の目は、不穏な色を滲《にじ》ませていて、口元はにやりと笑っていた。

「随分と余裕があるな。優しくする必要はなかったか？」

「え」

ひやりとした時には、もう遅かった。黒木さんの両手が私のお尻を掴み、激しく上下させる。腰も使って下から突き上げられ、じゅぶじゅぶと激しい蜜の音が響いた。

「ああっ！　ああ、あああっ」

「……濡れすぎだ」

たっぷり蜜の滴《したた》る中を、熱い楔《くさび》でかき混ぜられ、奥を突かれる。ぐっとお尻を抱き寄せられて、最奥《さいおう》の弱いところに彼の熱が押し付けられた。

こうして彼と夜を過ごすのは、まだ二度目なのに。既に私の弱いところを知り尽くしている彼に、私が敵《かな》うわけはなかった。

的確に攻められて身体が昂《たかぶ》る。その熱に溺《おぼ》れてしまいそうで、私は彼の首に両腕を回して縋《すが》りつく。ぶるぶると震え始めた私に、彼が深く口づけて達する瞬間の悲鳴を呑み込んだ。

「ん、んんんっ」

ぐったりと彼に全体重を預けて、だらしなく開いた口の中を厚い舌が舐《な》め回す。私はもう、彼にされるがままだった。

おとなしくなった私に、彼はまた優しい愛撫《あいぶ》をしてくる。みっちりと楔《くさび》を埋《うず》めたまま、ゆったりと身体を揺らし、悪戯《いたずら》な指先で時々後孔や濡れ襞をくすぐった。

「夜はまだ長い。寝るなよ」

意識を飛ばさない程度に、それでいて快感から逃れられない強さで、私の身体の感覚全部を彼に支配されている。

「ふ、あぁぁぁぁ」

緩やかな行為は、その分長く私を溶かした。達する時の身体の熱が冷めやらないまま、次の波がやってくる。

そしてやっぱり、最後は激しく攻め立てられて気を失うようにして眠った。


目が覚めた時、私は黒木さんの腕を枕にしてぴったりとくっついていた。彼は既に起きていて、私の左手を持ち上げ何やら親指で撫でている。

起きたばかりの働いていない頭で、ぼんやりと黒木さんの横顔を眺める。全身だるいし重たいけれど、彼に身体を預けているとそれでもいいかという妙な安心感があった。

綺麗な横顔。この人が、私の旦那様になる。

数か月前の私にそう言ったら絶対信じない。

彼の指が、薬指の付け根を撫でる。根本の皮膚が薄いところはくすぐったくて、無意識に指が動いた。

同時に、私の手を見ていた黒木さんの瞳が動く。目が覚めた私に気づいて、上半身を起き上がらせた。

「おは……」

おはようございます、と最後まで言わせてもらえなかった。

覆《おお》い被さられて、左手はシーツの上で繋がれる。唇に受けたキスは舌を絡ませる深いもので、くちゅくちゅと口内を舐《ねぶ》った後は軽く啄《ついば》むだけの穏やかなものに変わった。

「……今日は、買い物に行く」

キスに蕩《とろ》けている私に、黒木さんから告げられた本日の予定。

買い物……何を買うんだろう、と考えつつも、それより先に言っておかなければいけないことがある。本当に買い物に行くのなら。

まずは、さわさわと私の脚を撫で始めた彼の不埒《ふらち》な左手を止めなければならない。

「買い物、楽しみです」

「そうか」

「でも、昼からでお願いします……その、多分、まだ脚が使いものにならないので」

立ってみなくてもわかる、股関節と大腿部、膝辺りの重怠《おもだる》さ。たとえ立てたとしても、歩き回るのは、午前中はきっと無理だ。

もちろんこれは彼のせいだ。恥ずかしい思いをしながら睨《にら》むと、彼は太腿を撫でながらくすりと笑って言う。

「マッサージしてやろうか」

「もう朝はしないですからね！」

「だから、ただのマッサージならいいだろう」

絶対、それで終わらないくせにぃ！

そう反論しようとする口を、再び落ちてきた唇に塞がれた。

◇◆◇

プロポーズの日から一か月後、彼は宣言通り仕事の引継ぎを終え、高輪グループから退職した。

その時私の周囲が少しざわめいたのは、総務で変わらず私が働いていたため、捨てられたという噂が立ったからだ。

しかしその噂は、私の左手の薬指に鎮座する指輪によって、すぐに消えた。この指輪は、プロポーズの翌日、ふたりで宝飾店を訪れ選んだものである。マリッジリングも、その時に一緒に決めた。まだ急ぐこともなかったのだけれど、私にそれほどこだわりがなかったので。

それなら質がいいところでと黒木さんが店を決め、デザインを私に選ばせてくれた。こだわらないと言いつつ、デザインを選んでいる時は、やっぱりうきうきした。

緩やかな曲線が綺麗なシンプルなリング。小さなひと粒ダイヤが嵌《は》められている。割とよくある形だけれど、私が選んだリングを黒木さんが一年後に身に着けてくれると思うと、なんだかすごくそわそわした。

そんなこんなで、私は社内で、もうすぐ寿《ことぶき》退職する社員という扱いになった。黒木さんの退職後も彼の影響は大きくて、総務課長は何かと私に気を遣ってくれた。

古河さんは、びくびくしながら今も人事で働いている。黒木さんとしては、特にどこかに左遷するつもりはなかったそうだ。

彼は人事部長の意図を汲《く》んで行動していたことはあっても、会社の不利益になるようなことはしていなかったらしい。

ただビビらせておけば謙虚さを覚えていいだろうということで、何も知らせていない。私も「よくわからない」で通している。

そして、プロポーズから三か月後。

私は早々に、黒木さんのマンションに住んでいる。

結婚前に同棲する話が出た時、最初は悩んだのだ。

だって、一年の半分は、黒木さんは日本にいないわけだし、私がここに越してきても半分はひとり暮らしと変わらない状況だ。

彼の家にいるのにその状態は寂しい。だったら慣れたマンションにいるほうが気楽でいい。それに、プロポーズは受けたけれど、親への挨拶《あいさつ》はまだこれからだったから躊躇《ためら》いもある。

その気持ちをそのまま黒木さんに伝えたら、彼は「そうか」と言った。なのに、なんだかんだ二か月ほどの間に、両家との挨拶《あいさつ》の段取りをつけ、うちの両親を崇拝させ、気がついたら……引っ越しの段取りができていたのである。

せっかく婚約したのだから、別々に住むよりセキュリティ面でも安全な黒木さんの家にいけと両親に言われると、確かにその通りだと思ってしまった。

親が納得しているなら、別に私も同棲が嫌なわけはない。

ちなみに、黒木さんのご両親に挨拶《あいさつ》に伺った時は、本当に緊張した。ほんっとうに、緊張した……！

高輪一族の親族になるわけだから、やっぱり普通の一般家庭に育った私では歓迎されないのではないかと不安だったのだ。だけど、予想外にとても感謝された。

――まさか、こんな可愛げのない息子が結婚できると思わなかった！

お義父《とう》さんが若干涙目だったので、普段からかなりやり込められているのではないかと推測した。

トントン拍子《びょうし》に事が進んで、一年後の結婚式の準備も、きっと滞《とどこお》りなく進むに違いない。

そして今、私は「可愛いメッセージ」の練習をさせられている。

リビングのソファで、私を膝に乗せて背後から抱きしめてくる黒木さんに宛てて。気恥ずかしさと闘いながら文章を入力する。もちろん、黒木さんの手にも、彼のスマートフォンがある。

彼は、今アメリカにいる設定だから、会いたいとか声が聞きたいとかでいいんだろうか。

でも今は目の前にいるんだから、そんなメッセージを送るのは、ものすごく恥ずかしい。

「く……黒木さん」

「なんだ。まだか」

「あの、こういうのは離れてみてからのほうが、こう寂しいとか会いたいとか、そういう気持ちのこもった内容が送れると思うんですよね。つまり、今練習するより実践のほうが……って、そうだ、わかってますか？」

膝の上で、くるりと振り向き黒木さんを見る。あわよくば、これで話を上手《うま》く逸らしたいという思惑もある。

「私が可愛いメッセージを送ったら、当然黒木さんもそれに見合った内容を返してくれるってことですよね？」

黒木さんはそういうタイプじゃないだろうと思って、そう言ったのだけれど。

「俺は思ったことしか送らない」

「ええっ、それはずるいです」

その時、私のスマートフォンがメッセージを受信した。見れば、黒木さんからだ。

『行きたくない』

たったひとこと。

彼は、明日からしばらくアメリカだ。私はしばらくそのメッセージを眺めた後、じわじわと顔が火照《ほて》っていった。

こ、これは。練習ではなくて、本当に思ったってことで、いいのかな？

きゅっとお腹に回った腕に力がこもる。私は恥ずかしさから前に向き直って、彼から画面を隠すようにして入力し、送信した。

『早く帰ってきてください』

その後……美味《おい》しく食された。

スーツではなく、ラフなスタイルで玄関先に立つ黒木さんの手に、黒のキャリーバッグの柄が握られている。

「気をつけて行ってきてください」

「ああ。着いたら連絡する」

「はい」

ずっと会えないわけじゃないけれど、これからは向こうに行く度、一か月から三か月くらいの間、会えなくなる。

それがとても長く感じて、多分昨日みたいなメッセージもナチュラルに送れるだろう。

……別に、練習しなくてもよかったんじゃ？　無駄に黒木さんに遊ばれた気がしてきたわ。

「ちゃんと戸締りをして、夜は遅くなるな」

「子供じゃないんですから」

「遅くなる時は征一郎を使え」

「だから無理ですって」

そんなやりとりをしながら、彼が靴をきちんと履いて、私に向き直った。その直後。

頭を引き寄せられて、耳元に口づけられる。

「愛してる。浮気するなよ」

その言葉に反応して、肌がざわめいた。同時に、思い出したのはなぜか行為の真っ最中の、彼の熱い息遣い。

彼は私の反応を見て満足したのか、ちゅっと頬にキスをした後、玄関から出て行った。私は、ドアが閉まって鍵の閉まる電子音を聞いてから、へなへなと腰が抜ける。今もまだぞわぞわと甘く痺《しび》れる耳を片手で覆《おお》った。

今ので、思い出してしまった。初めて聞いたはずなのに、多分違う、愛の言葉。

――佳純、好きだ。

――愛してる。

それは、私がすっかり蕩《とろ》け切って今にも落ちそうな、意識の朦朧《もうろう》としている時に何度か伝えられた言葉。

記憶が曖昧《あいまい》で、ずっと思い出せずにいたけれど、多分、行為の真っ最中に。

「……そっ、そういうことは、ちゃんと意識のある時にぃぃぃ……」

耳を押さえながら悶絶《もんぜつ》する私は、色々思い出して身体を熱くする。これではまるで、心と身体に仕込まれた媚薬《びやく》のようではないか。

いや彼自身が、いつの間にか私にとっての媚薬《びやく》になっているのだと気づかされた。

悔しいけれど、敵《かな》わない。
私は彼という存在にすっかり魅了されている。
彼は私だけの、意地悪で優しい媚薬《びやく》だ。

書き下ろし番外編

人はそれを運命と呼ぶ

どちらかといえば、じっくりと抱くことに時間を費やす方だ。欲情のままに激しく揺さぶるよりも、ゆったりと揺蕩《たゆた》うように時間をかけて抱くのを好む。

ただそれでも、久々の情事となれば自分の快楽に誘惑されそうにもなる。

彼女の中に自分を収めて、ゆるゆると浅いところを擦ってやると白い腹が波打つのが見えた。それを撫でて宥《なだ》めながら、彼女が身体の力を抜いたタイミングでもう少しだけと繋がりを深くする。

「あ、んんっ……ああっ！」

ぐっと腰を押し付けて、最奥《さいおう》を抉《えぐ》った時。うっとりと心地よさげだった声が小さな悲鳴に変わる。貴仁は一度腰の速度を緩め、痙攣《けいれん》する内部を優しく擦りながら眉根を寄せる彼女に覆《おお》い被さった。眼鏡を外しているから、こうしなければ彼女の表情の変化がよく窺えない。

「久しぶりだからな。奥は辛かったか」

「……ん、ちょっと、だけ」

薄《うっす》らと瞼《まぶた》を開けた彼女は、甘えるように手のひらに頬を摺り寄せてきた。そんな可愛らしい仕草を見せられれば、尚更滅茶苦茶に突き上げてしまいたい衝動に駆られてしまう。もう何度となく肌を重ねたにもかかわらず未だに迂闊《うかつ》な恋人だと思う。

だが、痛がらせるのは本意ではないから、滅茶苦茶にするのはもう少し……後にして。

腰を引いて浅くすると、まるで引き留めるように細い脚が貴仁の腰に絡みついた。

「佳純？」

「あ……」

無意識でのことだったらしい。顔を真っ赤にすると、両手で隠してしまう。

「奥は痛むんじゃないのか？」

「……ん……痛い、というか、苦しいけど」

「けど？」

顔を隠したままの手の甲にキスをしながら先を促《うなが》す。顔色は見えないが、耳や首筋、手で隠しきれない肌がますます赤く、肩を小刻みに震えさせた。

「……、切ない」

ぽそ、と蚊の鳴くような声で言う。

「……おなかの、奥、切なくて……ほ、ほし……」

——欲しい。

——辛いけど、奥に欲しい。

そういう意味だと理解した途端、どくんと自分の中心が脈打ったのを感じた。

「ひゃ、あっ?」

「……久しぶりだから優しくしてやろうと思ったのに」

「な、なんでっ? お、おっき……あああっ!」

「お前が悪い」

煽《あお》るからだ、と再び最奥《さいおう》を突き上げる。仰《の》け反《ぞ》る佳純の上半身を軽く持ち上げると、脇から両腕を入れて肩を掴み固定した。

「望みどおり、欲しいだけ突いてやる」

耳元で囁《ささや》くと、腕の中に閉じ込めた身体が小さく震える。同時にその喉から「ひ……」とか細い悲鳴が聞こえた。

◆

黒木貴仁は、幼少期から少し変わった子供だった。

頭の回転が速くて察しが良く、その年齢の割に語彙力《ごいりょく》があるせいか何を話すにもやたらと理屈っぽくなる。つまり、子供らしい可愛げの一切見つからない、本当に可愛くない子供だった。
『貴仁……いくらなんでもあの場でこてんぱんに言い負かすのはやめてやれよ。仮にも
お前の伯父なんだから……』
『辻褄《つじつま》の合わないことを堂々と言うから、矛盾点を指摘しただけだろ』
『だからそれを人前でだな……あの人だって立場ってもんがあるんだから……』
『大勢の前でこき下ろされたのは征一郎も同じだ』
発端《ほったん》は、直系親族から遠縁の親戚筋までが一堂に会する場所で、伯父がまだ小学生の
従弟《いとこ》を出来損ないだのあげつらって話のネタにしていたことだった。
習い事をサボっただの居眠りをしていただの、放課後に真っ直ぐ帰らず寄り道をして
塾に遅れただの、些細《ささい》な出来事ばかりだ。
その話を口にしたのは征一郎の母親で、それこそ笑い話のつもりだったのだろう。だ
がそこに、嫌悪感を隠しもしない声が交じった。
『お前の躾《しつけ》が悪いからだ。出来損ないに育ておって』
『高輪の後継者が情けない』
実の父親が大勢の前で、小学生の息子に向ける発言ではない。しかし、伯父は高輪本
家の当主であるから、周囲の大人は一斉に迎合した。

その頃からどこかのほほんとしたあの従弟《いとこ》は、へらりとした笑顔で受け流していた。あれが、小学生のする顔かと思うと無性にイラッとした。

だから、貴仁は言ったのだ。敢えて子供が大人に教えを乞うように、真剣に。

——その悪い躾《しつけ》というのは、具体的に何を指すのか。

——甘やかすとは、どこまでを言うのか。

——悪い躾《しつけ》というからには、必ず子供を理想的に育てられる正しい躾《しつけ》というものを具体的に説明してほしい。

『成功してから「正しい躾方《しつけかた》」なんてタイトルで本でも執筆したらいかがですか。ヒットすれば、世の中に伯父さんの言う〝正しい子供〟が溢れかえるんじゃないですか』

理想的ですね、とにっこり笑って言って伯父の顔色が赤黒く変わったところで、貴仁の父親が飛んできたのだった。

『……だからな、大人の事情があるんだって。特に兄さんは高輪家を背負っているというプレッシャーもあるし、後継者のことも考えないといけないし……』

『そもそも、伯父さんの言い分がおかしい。征一郎はそれほど悪い成績を取ってるわけでもない』

小学受験をクリアして、学校以外の時間はすべて塾や習い事で占められている征一郎の生活は、些《いささ》か常軌を逸していた。

『確かに、征一郎くんに多くを求めすぎだなとは思うけど……大人ってのは、自分が同じようにできなくても子供には失敗してほしくないというか』

それが実の息子をこき下ろす理由になるのか？

そんなわけないだろうと思ったが、大人というのは案外子供の目線で見るより出来上がってはいないのだなと理解した。

大人とは、生物学上と人間社会の中で作られたひとつの基準に過ぎなくて、決して『完全』なものではないらしい。

『子供がそんな冷めた目をするんじゃないよ。大人にだって色々悩みはあるんだよ……自分より賢《さか》しくて理屈っぽい息子を持った俺にだってな……』

どこか疲れた顔をした父親に理屈ではないのだと諭されてそんな理解をしたのが、貴仁が中学生になったばかりの頃だった。

理屈っぽいと言われようと、おかしいものはおかしい。感情的な行動が悪いとは言わないが、もしそれが筋違いであれば抑えるべきだ。

その柔軟さのない頑《かたく》なな偏屈具合は、貴仁のある意味子供らしい部分だった。

そのまま育って社会人になり、特に躓《つまず》くこともなく何事も人一倍そつなくこなすが、ただひとつ恋愛だけはいまいち長続きしなかった。恋愛となるとどうしても相手に感情優先の行動が増え、それを看過できなくなった時に別れ話になることを繰り返す。

かといって、もう恋愛はしない、結婚もしないと思い詰めるほどでもなかった。結婚するなら相手は理性的な方が自分にはきっと合う。

そういう相手が見つかり、その時にその気になればまあ結婚することもあるだろう、その程度。

——その程度のはずだった。

◆

ぐずぐずに溶けた中を何度も突いて喘《あえ》がせて、ギブアップを叫ぼうとする唇をキスで黙らせ続けた。彼女が『欲しい』と言ったから。

その彼女は既に目が虚《うつ》ろで焦点が定まらず、攻めを止めればすぐに眠ってしまいそうだ。本当なら、このまま自分も達してしまえば互いの欲も発散し終えて心地よく眠りにつける。

だが、なんとなく、まだ終わりたくない。もったいないと思ってしまう。明日もやらなければならないことがあるし、あまり彼女を攻め立てては午前中に身動きが取れなくなるというのに。

「ん……あんっ」

彼女の中からまだがちがちに硬い己《おのれ》を引き抜いた。ぐったりと投げ出された彼女の両脚を、両手で固定する。脚の付け根を掴んで両方の親指で左右に開くと、濡れた襞がまだ物欲しそうに痙攣《けいれん》していた。

酷使しすぎただろうか。赤く熱を持っているように見え、指で触れると痛みそうだと唇での愛撫に切り替えた。

「あっ、あ？　なんでっ？　終わりじゃないの？」

「まだ俺が達《い》ってない」

濡れた襞を唇で啄《ついば》むたびに、内腿が跳ねる。優しく蜜壺の入り口に舌を差し込むと、喘《あえ》ぎに泣き声を混じらせて頭を左右に振っていた。抵抗するように手が貴仁の頭に伸びてきたものの、力があまりにも弱々しい。

「やだ、やぁん……っ、もう、力入らない、って」

「悪かったな、激しくしすぎた。次はもっと優しくする」

「ひあ、え、次……もう無理って……ああっ！」

濡れた襞の上部で、赤く膨らんだ花芽に舌先を当てゆるゆると上下に揺らす。泣きの入った抗議の声がそれだけでまた甘さを滲《にじ》ませた。唇で花芽を挟み軽く吸い上げて、唾液を含んだ口内で舌を絡ませる。声が一段と高くなり、両腿が小刻みに痙攣《けいれん》した。

「あ、あ――っ」

佳純の全身に力が入り大きく背を反《そ》らせると、掠れた声で静かに達した。それでもまだ花芽は逃さず、じっくりと舌で舐めるとその度に腰が跳ねる。

痙攣《けいれん》の波が遠ざかり最後に軽く花芽を啄《ついば》む。再び彼女の身体を組み敷いて、再び熱く潤《うる》んだ中へ自身を埋《うず》めた。

「黒木、さ……あああっ」

頬は赤く火照《ほて》り、涙と汗でぐちゃぐちゃだ。唇を戦慄《わなな》かせる彼女と深く繋がり動かないまま、貴仁は額《ひたい》を合わせた。

「も、なんでぇ……」

「ん?」

「全然、終わらないぃ……」

べそべそと泣き言を言い始めた彼女の目元を親指で拭い、髪を撫でた。

「なんでだろうな」

本当に、なんでだろうな。

いつか、結婚することはあるだろうとは思っていても、これほど自分がのめり込むことになるとは想定外だった。

出会って間もなく結婚を決意したことも。久方ぶりの逢瀬《おうせ》で、一ミリも肌を離したくないからと情事を長引かせることも、彼女が初めてだった。なんでと言われても浮かぶ言葉はあまり理性的とはいえないらしくないものだった。

理屈じゃない、というのはこういうことかと、この歳になって理解した。だから、彼女は自分にとって『運命』なのだ。

◆

「なんでだろうな、じゃないですよ、わかりますよ私は！」

白々しい、と佳純は自分に覆《おお》い被さる恋人を涙目で睨《にら》みつける。

さすがに無理をさせているとわかっているのだろう。繋がったままで動かずに、佳純の息が整うのを待ってくれていた。おかげで反論する元気が多少戻ったものの、そんな気遣いよりもこの情事をやたら長引かせるのをやめてほしい。

「なにがだ？」

とぼけた顔で微笑まれると腹立たしくなってくる。拳《こぶし》を作って彼の胸を叩いてみたものの、もうまったく力が入っていなかった。

「い、いちいち……抜くから、わざと長引かせてっ」

あられもない会話が恥ずかしい。しかし、訴えずにはいられない。

「別にわざとじゃないんだが。それに欲しいって言ったのは佳純だ」

「欲しいなんて言ってませんん……」

あの状況での『切ない』は、言ってはいけなかった。『欲しい』に変換されても仕方なかったと今ならわかるが、あの時は切実だったのだ。

お腹の奥が、切なくて——会えなかった時間の分だけ、身体が彼を求めていた。だからといって、限度というものがあって。自分はもうとっくに限界突破している。

「も、明日立てなくなっちゃう……」

繋がったまま動いてはいないものの、それでもじわじわとした快感が腹の奥から湧いてくる。意識する度、自分の中がきゅうと締め付けるように動いて、確実に彼にも伝わってしまっている。

「うう……もう、やだ」

「怒るな。擦ったら痛むか？」

もう限界かと思うのに、身体がしっかり反応している。その気恥ずかしさに思わず泣き言を漏らすと、宥《なだ》めるように髪を優しく撫でられた。そんな風に甘やかされると、無理だと思っていたことでもあと少しだけならとなってしまう。

「……ゆっくりなら、大丈夫」

「しばらく動かない」

控えめな主張となった言葉には、本音が滲《にじ》んでいる。確かに散々貪《むさぼ》られて限界を感じていたが、かといって今すぐやめるには身体の奥で熱が燻《くすぶ》っているから。

ほう、と吐息を零しながら目の前の恋人を見上げた。薄《うっす》らと滲《にじ》む汗、微かに寄せられた眉根が壮絶に色っぽい。

——不思議だなあ。

結婚間近の今となっても、時折そう思う。どうしてこの人と結婚することになったのか、少し前の自分に知らせたところで絶対に信じまい。それくらい、彼は恋愛対象外……というよりも自分のいる世界の外にいる人だった。憧れるとか好きになるとかそれ以前の問題だ。

「どうした？」

じっと見つめていると、彼は訝《いぶか》しむように目を細める。こんな時なのだから、その表情はやめてほしい。

「時々不思議に思ってしまって……どうして黒木さんなんだろうなって」

「……おい」

「あ、でも、今は他に考えられなくなってるからそれも不思議で」

一年前には、接点もなく自分と同じ空間にいることなど想像すらできなかった人。そんな相手と、あっという間にお付き合いして即プロポーズに頷いた。

自分は色々と迂闊《うかつ》な性格だと言われるが、いくらなんでもそこまで流されやすくはなかった。

それなのに、どうしてか。この人が、生涯を共にしていく人だと信じられた。決意した時、身体にぴんと芯が通った感覚。

思えばあの夜、バーで彼の隣に座ったその時から、自分の運命が大きく変わったのだ。この人に出会ってから、まるで台風の目の中にでもいるようだった。振り回されて逃げようにも逃げられなくて、気が付いたら心の真ん中に陣取られていた。

そう、まさに運命だ。

「当たり前だ。今更嫌だと言っても無理にでも引っ張っていくからな」

「嫌ってことじゃ……ああっ！」

ずん、と腹の奥を突かれて、急な刺激に喉が仰《の》け反《ぞ》る。その喉に、軽く歯を立てられた。ぞくぞく、と背筋が震えて縋《すが》るように両脚を彼の腰に絡ませた。

「逃げたいなんて、思えないようにしないとな」

「んっ、んあああっ！」

強い言葉と裏腹に、中を擦り立てないように奥をただ押し上げる愛し方。言葉は強くても気遣いを感じる愛し方。胸の奥が苦しくなるような温かな感情が込み上げて、両手を使いぎゅうとしがみつく。

——どこにも行かない、離れない。

中毒のようなものだ。与えられる愛情が媚薬《びやく》のように私の心を蝕《むしば》んで、離れられない。
こんな風にしたのはあなたなのに、と心の中で苦笑した。

本書は、2021 年 12 月当社より単行本として刊行されたものに、書き下ろしを加えて文庫化したものです。


この作品に対する皆様のご意見・ご感想をお待ちしております。

おハガキ・お手紙は以下の宛先にお送りください。

【宛先】

〒 150-6008 東京都渋谷区恵比寿 4-20-3 恵比寿ｶﾞｰﾃﾞﾝﾌﾟﾚｲｽﾀﾜｰ 8F
（株）アルファポリス　書籍感想係

メールフォームでのご意見・ご感想は右のＱＲコードから、
あるいは以下のワードで検索をかけてください。

アルファポリス　書籍の感想　検索

ご感想はこちらから

エタニティ文庫

冷徹《れいてつ》秘書《ひしょ》は生贄《いけにえ》の恋人《こいびと》を溺愛《できあい》する

砂原雑音《すなはらのいず》

2023年12月15日初版発行

文庫編集－熊澤菜々子
編集長 －倉持真理
発行者 －梶本雄介
発行所 －株式会社アルファポリス
〒150-6008 東京都渋谷区恵比寿4-20-3 恵比寿ｶﾞｰﾃﾞﾝﾌﾟﾚｲｽﾀﾜｰ8F
TEL 03-6277-1601（営業）　03-6277-1602（編集）
URL https://www.alphapolis.co.jp/
発売元－株式会社星雲社（共同出版社・流通責任出版社）
〒112-0005 東京都文京区水道1-3-30
TEL 03-3868-3275
装丁イラスト－海月あると
装丁デザイン－ansyyqdesign
印刷－中央精版印刷株式会社

価格はカバーに表示されてあります。

落丁乱丁の場合はアルファポリスまでご連絡ください。

送料は小社負担でお取り替えします。


ISBN978-4-434-33063-6 C0193